스틱스강

스틱스강

ⓒ 겨울부채, 2023

초판 1쇄 발행 2023년 8월 16일

지은이   겨울부채
펴낸이   이기봉
편집   좋은땅 편집팀
펴낸곳   도서출판 좋은땅
주소   서울특별시 마포구 양화로12길 26 지월드빌딩 (서교동 395-7)
전화   02)374-8616~7
팩스   02)374-8614
이메일   gworldbook@naver.com
홈페이지   www.g-world.co.kr

ISBN   979-11-388-2179-7 (03810)

스틱스강

겨울부채

좋은땅

작가의 말

제법 많이 살아 본 시간입니다.

운전을 하며 가다가 잠시 딴생각에 빠져나가야 할 길을 지나쳐 다음 신호등에 유턴을 하여 반대편으로 되돌아오는 것이 아내의 말대로 '늙어서 그런 것'이 아니라 인생이라서 그런 것 같습니다.

밤에 운전을 하다가 하늘에 떠 있는 달과 별이 어느 땐 내 앞쪽에서 내가 가야 하는 길을 비춰 주다가, 어느새 내 뒤에서 내가 지나온 길을 비추고 있는 것은 내가 살아온 인생과 닮은 듯합니다.

산길을 걷다가 마주친 그 사람이 어디서 본 듯하여 뒤돌아봤을 때, 그곳에 아무도 없고 빈 바람에 아쉽고 허전한 생각이 드는 것은 내 살아온 인생의 미련인 것 같습니다.

스틱스강

저녁 즈음에 기러기가 대열을 만들어 비행기가 만든 흰 선 반대 방향으로 날아가고, 붉게 물든 서쪽 하늘을 오랫동안 바라보며 눈가가 촉촉해지는 것은 내 인생의 그림인 듯합니다.

나는 가끔 죽음을 생각할 때가 있습니다.
그때가 나는 가장 행복하기 때문입니다.
나는 가끔 나와 같은 생각으로 사랑하는 사람을 생각할 때가 있습니다.
하지만 언제나 그 사람과 같은 진동을 느끼지 못하고 숨죽여 울고는 합니다.
사람이 살아가는 이 세상에는 상식으로 통하는 일들이 대부분입니다. 상식에는 사물의 좋고 나쁨이나 가치를 분별하는 능력과 세상을 바라보는 생각 또는 태도를 나타내는 것도 포함됩니다.
상식선에서 산다는 것은 보통 사람으로서 가지고 있거나 있어야 할 일반적인 생각이나 자세로, 이렇게 살면 되고, 이 정도만 해도 된다고 생각하는 것이겠지만, 그 상식의 정도를 자기 편한 대로 재단하여 행동하게 됨은 스스로를 상식이 잘 갖춰진 사람이라고 내린 확신 때문인 것 같습니다.

어린 시절 나의 꿈은 상식의 선에서 남을 돕거나 남을 이롭게 하는 사람이 되는 것이었습니다. 누군가와 함께하고 나눌 수 있는 것이 최고의 희망이자 꿈이었습니다.

그런데 지금껏 살아오는 동안 이겨야 하고, 외면해야 하는 삶이 반복되었습니다. 애초에 꿈꿔 왔던 세상이나 처음 꿈꿔 왔던 순수에서 점점 멀어져 가는 내 모습을 보며 애써 어른이 되기를 거부하고 힘써 보았지만 몸도, 마음도, 영혼까지 내 진정한 가치에서 멀어지는 것을 그냥 물끄러미 쳐다보는 무능함이 나의 전부였습니다.

그럴 때 나는 죽음을 생각하며 행복을 지키려 했고, 사랑하는 사람의 진동을 느끼기 위해 글을 쓰지 않을 수 없었습니다.

비상식의 생각에서 또는 몰상식의 생각에서 이 글이 쓰였습니다.

그래서 부족하고 부끄럽고, 불편합니다.

하지만 죽지 않기 위해서, 사랑하는 사람과 같은 진동을 느끼고 싶어서 부끄러운 마음을 부여잡고 이 글

스틱스강

을 세상에 내놓습니다.

　흙투성이의 글을 씻고 말려서 책을 만들어 주신 좋은땅 출판사 식구들에게 감사를 드립니다.

2023년 5월 메릴랜드에서

목
차

용의자

알람 소리가 요란하게 울렸다.

조 장로는 머리맡에 둔 전화기를 들어 정지 버튼을 누르고 길게 하품을 했다. 이번엔 아내의 전화기 알람이 울렸다. 혹시 몰라 어젯밤 잠자리에 들기 전에 두 사람의 전화기에 알람을 맞추어 놓았다.

오늘은 새벽 비행기로 안 목사 부부와 정 장로 부부, 한 집사 부부와 함께 네 부부가 수년간 벼러 온 이스라엘 성지 순례를 떠나는 날이다. 아내 현숙은 여행사에서 알려 준 여행에 필요한 준비물과 이스라엘의 날씨를 고려해 현지 기온에 맞게 가볍게 입을 수 있는 점퍼와 두툼한 여벌의 옷까지 준비해서 커다란 여행용 가방 2개에 가득 채웠다. 미국에서 30년을 넘게 살았지만 남편은 아직도 양식에 익숙하지 못해 삼시 세끼 모두

스틱스강

를 밥으로 해결한다. 그런 식습관은 장거리 여행 시 본인은 물론이고 함께 동행하는 사람들에게도 불편을 주었다. 더군다나 당뇨가 심해 음식물을 조절해야 하고 당 수치를 낮추기 위해 복용하는 약과 주사기와 혈당계 등 이것저것 준비해야 할 것도 많다. 며칠 전부터 준비한, 10박 11일 동안 먹을 밑반찬과 현숙 자신의 혈압약과 매일 먹는 비타민과 영양제까지 챙겨서 조금 작은 가방에 가득 담았다. 체크리스트에서 하이라이트 펜으로 색을 칠해 가며 하나하나 확인하여 남편과 현숙이 메고 갈 배낭까지 4개의 짐을 현관 입구에 내려놓고 일찌감치 잠자리에 들었다.

현숙도 아침 6시 반까지 공항에 도착하기 위해 4시로 세팅해 놓은 알람이 울리자 일어났다. 샤워를 하고 화장을 곱게 하고 입고 갈 옷을 골라서 침대 위에 걸쳐 놓은 채 보석함에서 귀걸이와 목걸이를 꺼내고 반지를 찾는데 분명히 있어야 할 반지가 없다. 2년 전 결혼 30주년 기념으로 남편이 사 준 2캐럿짜리 다이아 반지가 사라진 것이다.

침실 화장대 문갑이며 아래층 싱크대 서랍과 목욕탕의 비누통, 남편의 서재 서랍 등 반지가 있을 만한 곳을 모두 찾아봐도 없다.

집에서 20분 거리에 사는 아들 상철은 공항까지 배웅을 하기 위해 이미 도착해서 자동차 트렁크에 짐을 싣고 차고 옆에 돌아서서 담배를 피우고 있다.

조 장로는 평소의 깔끔한 그의 성격대로 카키색 면바지에 흰색 티셔츠를 입고 그 위에 옅은 하늘색 아웃도어 점퍼를 입었다. 챙이 그리 크지 않은 중절모를 쓰고 허리춤에 여권 등을 담은 가죽 가방을 차고 있는 모습이 한눈에 봐도 관광객 차림이다. 한 손에 본인이 메고 갈 작은 배낭을 들고 현관문을 열어 놓은 채 현숙이 2층에서 내려오기를 상당 시간을 인내하며 기다리고 있다.

"아, 시간 없는데 뭘 꾸물거려!"

현관 앞 2층으로 올라가는 계단 옆에 서 있는 괘종시계를 흘끗 쳐다보니 시곗바늘은 어느새 5시를 넘어가고 있다. 집 안으로 한 발짝 들어서며 현숙이 있는 2층을 향해 불편한 목소리로 현숙을 향해 소리를 질렀다.

교회를 갈 때나 외출을 할 때마다 이런 식으로라도 재촉하지 않으면 엿가락 늘어지듯 아내의 행동이 한없이 늘어진다는 것을 너무나도 잘 아는 조 장로는 버릇

스틱스강

처럼 현관문을 열어 놓고 기다렸다. 언제나 약속시간에 5분 늦는 조 장로를 친구들이 조 장로가 아니라 오장로라고 부르는 것도 순전히 아내 때문이라고 생각하고 있다.

문 앞에 서서 아내에게 부담을 줌으로써 굼뜬 아내의 행동을 재촉해야만 겨우 약속시간 가까이 맞출 수 있기 때문이다.

"알았어요. 금방 내려가요."

아직 옷도 갈아 입지 못한 채 침대 위에 걸쳐 놓은 옷가지를 얼른 손에 들고 아래층을 향해 큰 소리로 대답한다고 했지만 입에서만 맴도는 것이 본인 스스로 느껴졌다.

현숙은 남편의 짜증 섞인 재촉에 더욱 조급해져 무엇부터 해야 하는지 머릿속이 하얗게 되며 마음과 생각이 따로 움직이는 것이 느껴졌다. 갑자기 뜨거운 기운이 등줄기로부터 얼굴 위로 솟아올랐다. 남편의 재촉에도 불구하고 반지의 향방이 머릿속을 떠나지 않는다. 잠시 생각을 모아 마지막으로 반지를 꼈던 때를 생각해 보았지만 도무지 기억이 없다.

다시 몇 분의 시간이 흘렀다.

"뭐 하는 거야! 빨리 나오지 못하고!"

조 장로가 발등과 무릎을 세워서 문을 괴고 있던 발을 풀자 문이 '꽝' 하고 닫혔고, 현관 안까지 들어와서 2층으로 올라갈 기세로 층계 난간을 붙잡은 채, 좀 전의 말보다 두 배 이상 톤을 높여서 소리를 질렀다.

"알았어요. 지금 나갈게요."

역시 부드럽게 대답은 했지만 머리끝에서 솟아난 땀이 이마와 귓불을 타고 화장한 얼굴로 흘러내렸다.

"허어, 참. 비행기 놓치겠구먼……."

재촉하는 것을 포기한 듯 혼잣말처럼 하고 뚜벅뚜벅 소리와 함께 현관문이 닫히는 소리가 났다.

조 장로는 아들이 시동을 걸어 놓고 기다리고 있는 차의 조수석에 올랐다.

"누구의 소행일까?"

현숙은 혼잣말로 중얼거리며 계단을 내려오는데 발걸음이 휘청거린다. 난간을 붙잡고 겨우 아래층에 내려왔다. 현관 거울에 비친 자신의 모습을 보니 얼굴에 땀이 범벅이다. 새벽부터 곱게 화장한 얼굴에 파운데이션 자국이 땀이 흐른 모양대로 골을 만들며 얼굴 아래로 번져 가고 있다.

흐르는 땀을 닦으려 현관 옆 화장실로 들어가 화장지를 찾았다. 가늘게 감겨져 있던 화장지는 두세 바퀴 돌고는 누런 끝을 내보였다.

"아니, 다음 사람을 위해 화장지를 바꿔 둬야지! 어유, 배려 없는 인간."

남편을 향해 혼잣말처럼 내뱉고는 얼른 부엌으로 달려가 키친타올을 손에 걸리는 대로 뜯어서 땀을 닦았다.

남자들은 여자가 챙겨 준 옷만 걸치고 나서면 되지만 여자들이야 이것저것 챙길 것도 많고 확인해야 할 것도 많은데 조금 기다리는 것도 못하는 남편이 원망스럽다.

애써 태연한 표정을 지으며 현관문을 나섰다. 발걸음은 자동차 쪽으로 움직이지만 마음과 생각은 온통 반지의 행방에 꽂혀 있다.

운전석에 아들이 앉아 있고 남편은 조수석에서 팔짱을 낀 채로 아무 말 없이 앉아 있다. 조 장로의 입꼬리가 아래로 쳐져 있다. 몹시 불편한 상태일 때 나타나는 모습이다. 현숙은 뒷좌석 왼쪽 문을 열고 오르려다 말고 자동차 문을 열어 놓은 채 급히 차고 안으로 뛰어들었다. 갑자기 일주일 전에 골프를 치던 날 장갑을 끼는데 걸리적거려서 반지를 골프 가방 주머니에 빼어 놓은 것 같다는 생각이 들어서였다. 갑작스레 차고를 향해 뛰어가는 현숙의 모습을 힐끔 쳐다보던 남편이 한심하다는 듯 혀 차는 소리가 등 뒤에서 들렸다.

차고 문을 열고 급하게 골프 가방의 주머니를 홀라당 까뒤집었다. 나무 티와 볼마커, 낡고 오래 써서 골프채와 맞닿는 손바닥 쪽에 구멍이 난 장갑뿐, 역시 반지는 없다. 골프 가방에서 튀어나온 색색의 골프공이 차고 바닥을 타고 현숙의 마음처럼 이리저리로 정신없이 굴러간다. 가만히 돌이켜 생각해 보니 골프를 친 날은 이번 주가 아니라 지난주였다는 생각이 났다. 순간 그냥 그 자리에 털썩 주저앉고 싶어졌다. 성지 순례고 뭐고 포기해야 하는 것 아닌가 하고 생각이 들었지만 오래전부터 계획된 여행이고, 여러 명이 함께하는 일을 개인의 문제로 여행 전체를 망칠 수 없다는 생각이 들었다. 흔들리는 마음을 다시 잡고 차에 올랐다.

"아까부터 왜 그래? 당신 뭐 잃어버렸어?"

남편은 다그쳤지만 크게 궁금하지는 않은 듯 더 이상 묻지 않았다.

줄지어 늘어선 집들 사이에 놓인 여러 개의 과속 방

지턱을 속도를 줄이지 않고 넘어가는 바람에 현숙은 넋을 놓고 앉아 있다가 머리가 천장에 부딪치며 몸이 옆으로 쓰러지고 말았다.

"차를 조심해서 몰아야지!"

애꿎은 아들에게 신경질을 부렸다.

상철이 백미러로 뒤를 힐끔 쳐다보며 현숙과 눈이 마주쳤고 상철이 얼른 시선을 피했다.

괜한 짜증을 아들에게 퍼붓던 현숙은 순간적으로 혹시 아들놈이 반지를 가지고 갔을 수도 있겠다는 생각이 들었다.

*

상철은 핸드폰에서 눈을 돌려 밖을 내다본다. 상가 주차장에는 더 이상 주차할 수가 없을 정도로 차들이 꽉 차 있다. 하지만 정작 카센터에는 아침 일찍 오일체인지 손님 한 명만 오고, 오후 2시인 지금까지 손님이 없어 책상에 앉아서 휴대폰으로 주식 시세표만 바라보고 있다. 책상 위엔 미납된 전기요금 청구서와 전화요금 청구서에 외상으로 가져다 쓴 부품대금 청구서가 마지막을 알리는 경고문과 함께 쌓여 있다. 건물주에게서도 이번 주말까지 밀린 월세를 내지 못하면 코트에서 만나자는 최후 통첩을 받았다. 며칠 전 아버지 조장로를 찾아가서 마지막으로 한 번만 도와달라는 간청을 하였지만 상철의 말을 듣는지 마는지 TV 속에 사자 무리와 하이에나 무리가 먹이를 가지고 다투고 있는 동물의 왕국에 눈을 고정하고 아무런 반응이 없다. 그도 그럴 수밖에 없는 것이 아버지에게 도움을 청한 것이 한두 번이 아니기 때문이다.

중학교 1학년이 되어서 부모를 따라 미국에 온 상철은 공부에는 별 관심이 없었다. 영어 실력이 부족하여 학교 생활에 어려움을 겪다가 간신히 고등학교를 졸업했다. 커뮤니티 칼리지에 입학한 상철은 비슷한 수준의 친구들과 어울려 마약을 하고 갱단에 들어가서 몰려다니며 나쁜 짓을 하다 경찰에 수배를 받는 등 부모의 속을 많이 썩이기도 했다. 서른이 가까워진 나이에 정신을 차려 자동차 정비 기술을 배우고 결혼도 했다. 연애로 만난 아내와 잘 사는 듯하더니 작년 연말에 이혼을 했다.

아버지가 차려 준 카센터는 경험 부족에 실력 부족

으로 한 번 왔던 손님도 재방문을 꺼렸다. 계속해서 적
자 운영을 하고 있고 악순환의 고리는 상철을 사업보
다는 주식 투자에 더 관심을 갖게 하는 결과를 만들었
다. 사업이 점점 힘들어지자 현숙이 남편 모르게 친구
들에게 빚을 내어 여러 번 도와주기도 했고, 여러 번 조
장로에게 많은 도움을 받았지만 지금껏 결과가 좋지
않아 조 장로의 신뢰를 전혀 받지 못하고 있다.

*

몇 년 전에도 집 안에 놔 둔 현금 만 불이 온데간데
없이 사라져서 어쩌면 상철의 소행일 것이라는 의구심
을 아직도 떨치지 못하고 있던 현숙이다.

활주로를 이륙한 비행기는 정상 고도를 잡고 구름
위로 중력을 받아서 눈 위를 미끄러지듯 별다른 요동
없이 편안하게 날아가고 있다. 창가에 앉은 남편은 눈
을 지그시 감고 잠을 청하는지 숨소리가 고정되어 있
다. 앞 좌석 창가 쪽에 앉은 사모는 한껏 부풀어 그녀
만의 '어머, 어머'를 연발하며 안 목사와 창밖을 내다보
며 환호하고 있다. 현숙은 온통 반지 생각에 빠져서 지

난 주일 날 이후의 행적을 차례차례 반추하며 기억의
사람들 하나하나에게 용의점을 두는 자신을 발견하고
이러면 안 된다고 머리를 흔들었다. 반지를 잃어버린
것이 처음부터 자기 자신의 잘못이라고 인정하고 싶었
다. 누군가를 의심하는 것은 커다란 죄를 짓는 것이라
는 생각도 들었다. 사람은 단순한 하나의 면이 그 사람
의 전부가 아니다. 보는 방향과 입장에 따라서 전혀 다
른 모양이 되는 입체이고 프리즘에 색처럼 빛이 비추
는 방향에 따라 색깔이 달리 보이는 현상 같은 것이라
고 생각했다. 하지만 마음과 달리 의심은 그녀의 머리
에 문어 다리 빨판처럼 엉겨 붙어 있었다.

*

두 번째 용의자는 친동생 은숙이다.

은숙은 세탁소에서 바느질을 한다. 세 자매 중 막내
인 은숙은 가장 이쁘고 똑똑해서 부모님의 관심과 사
랑을 많이 받고 성장했다. 학교를 졸업하고 은행원으
로 근무하다 중매로 남편을 만났고 뉴욕지사 발령을
받은 남편을 따라 뉴저지에서 살게 되었다.

퇴근 시간이 가까워지자 은숙은 가슴이 답답해졌다. 세탁물을 맡기고 찾으러 오는 손님들이 쓰고 온 우산에서 떨어진 빗물이 대리석 바닥을 적시고 그 위에 발자국이 사람의 움직임에 따라 사방으로 희미하게 나타나서 은숙의 마음을 어지럽혔다. 비는 눈물처럼 어둠이 물든 창가 유리창에 붙어 슬픔이 되어 흘러내렸다. 슬픔이 어디에서 시작되는지 알 수가 없다. 어느 날 문득 누군가의 슬픔이 슬그머니 손님처럼 찾아와 자신의 슬픔이 되어 삶과 마주하게 된다.

토요일 오후부터 내리기 시작한 비는 주말 내내 내렸다. 은숙은 오래 잠을 자고 일어나 창밖을 보다 다시 잠이 들었다. 요란한 소리에 일어나 아래층에 내려오니 거실 베란다 끝에서 휠체어에 앉은 민석이 물끄러미 밖을 쳐다보고 있었다. 언덕 위 숲속 너머로 선명한 번개가 내리치고 있었다. 짧은 간격을 두고 천둥이 쳤고 뒤이어 다시 번개가 내리치고 있었다.

예정된 5년의 주재원 근무 기간을 마치고 귀국을 얼마 앞두고 있던 즈음에 한국에서 회장 사모님이 친구들과 여행을 왔다. 지사장이던 민석은 호텔을 예약하고 여행코스를 정하고 일정 내내 운전에서부터 가이드의 역할까지 했다. 부하직원에게 맡길 수도 있었지만 회장 사모님에 대한 부담감에 본인이 직접 해야 한다고 생각했다. 그날은 나이아가라 폭포를 관광하고 조금 늦은 시간에 호텔로 돌아오고 있었다. 비가 내려서 도로가 미끄러워 핸들을 잡은 손에는 힘이 들어갔다. 2차선 도로의 오르막 커브길이어서 속도를 줄이고 상체를 앞으로 내밀어 시야를 확보하고 가던 중이었다.

갑자기 반대편 내리막을 내려오던 컨테이너 차량이 중심을 잃고 휘청거리더니 중앙분리대를 넘어 민석 일행의 차를 덮쳐 버렸다. 그 사고로 일행 중 한 명이 사망하고 회장 사모님은 중상을 입고 민석도 한쪽 다리를 절단하게 되었다. 그 일은 민석의 인생을 송두리째 앗아간 비극의 시작이 되었다. 퇴원 후 민석의 가족은 평생 장애자로 살아가기에는 한국보다 미국이 유리할 것이라고 판단했다. 어쩌면 유불리를 떠나서 그런 여건보다는 주위에서 보내오는 동정의 시선을 감당하기가 죽음보다 무서웠을지도 모른다. 결국 받아들일 수 없는 주위의 시선 때문에 결국 귀국을 포기하고 미국에 정착하기로 했다. 하지만 장애를 가진 이민자로서의 삶은 그리 녹록지 않았다. 결국 경제적 책임을 은숙이 떠맡게 되었다.

다행히 아이들은 탈 없이 잘 성장해 주었다. 민석은 갑작스레 닥친 자신의 불구를 인정치 못하는 듯 한동안 문밖 출입을 거부하고 집 안에만 틀어박혀 있었다. 은숙은 어차피 무방비 상태에서 자신에게 떠안긴 삶이라면 그것이 기쁨이든 슬픔이든 자신이 견디며 살아가야 한다고 인정하며 자신의 삶에 조금씩 익숙해져 갔다.

하지만 여자 혼자서 네 식구의 생활을 책임진다는 것은 그리 만만한 일이 아니다. 그동안 남편의 교통사고 보상금으로 살아왔지만 외부 활동을 기피하던 민석은 주식투자에 손을 대기 시작했다. 다행히 만족스럽진 않아도 제법 수익을 올리며 생활의 안정을 찾아가는 듯싶었다. 하지만 몇 년 전 금융 위기가 닥치며 가지고 있던 주식 자산을 한꺼번에 날려 버리고 말았다. 빈털털이가 되었다. 민석은 술을 마시기 시작했다. 민석의 몸과 마음은 한없이 허물어져 갔다.

민석은 술에 취한 눈으로 펄펄 날리는 창밖을 내다본다. 어디선가 새 한 마리가 날아와 나뭇가지에 내려앉았다. 날갯짓의 급격한 감속으로 날개를 접고 사뿐히 착지를 한다. 가지의 흔들림과 새의 정지, 그런 정물적인 상태가 얼마나 지속되었을까, 새는 돌연 가지를 박차고 날아갔다. 그 바람에 소복하게 눈을 머금고 있던 가지가 흔들렸고 눈은 아래로 떨어졌다.

멍하니 앉아서 작은 새 한 마리가 몰고 온 작은 파문과 고요의 회복을 지켜보던 민석은 지금 무언가 자신의 내부에서 엄청난 것이 무방비로 벌어졌다가 다물어지는 것이 느껴졌다. 민석은 새가 날아와 앉는 순간부터 떠나는 순간까지 나뭇가지가 감당해야 할 흥분과 변화를 고스란히 보고 있었다. 새의 작은 고리 같은 두 발이 나무를 움켜잡는 착지로 이만큼 흔들렸고, 움켜잡았던 나무를 놓고 떠나는 순간 또 흔들리는 것이 민석의 마음에 고통으로 다가왔다. 그래도 새는 날았고, 나무는 흔들렸다. 그리고 잠시 후 다시 평온해졌다.

나는 어떻게 날아야 하지⋯⋯. 어떻게 내가 가둔 나의 감옥에서 벗어나지⋯⋯.

은숙은 언니 현숙의 도움으로 뉴저지를 떠나 언니가 살고 있는 메릴랜드로 이사를 했다. 은숙이 세탁소에서 바느질을 하며 벌어 오는 수입만으로는 생활비가 부족한데, 대학생인 두 아이의 학비도 마련해야 했다. 그동안 언니와 형부에게 빌린 돈도 상당하여 세탁소 일을 하며 틈틈이 현숙의 집안일을 도와주며 어렵게 살고 있다.

*

　세 번째 용의자는 미경이다.

　미경은 남편의 누이동생으로 현숙의 집 안방과 거실 어느 곳이든 자유롭게 드나들 수 있는 유일한 사람이다. 미경의 본업은 부동산 소개업이지만 돈이 되는 일이라면 지옥이라도 찾아갈 수 있다고 말할 만큼 돈에 대한 욕심이 많은 이혼녀이다. 성격이 활발하고 항상 웃음을 머금은 밝은 얼굴의 소유자이지만 동물의 왕국에서 치타가 잡아 놓은 먹이를 가로채려는 하이에나처럼 돈이 되는 일이라면 서슴지 않고 적극적으로 달려든다. 현숙이 알기로는 고정적 수입이 없고 확실한 수입원이 보장되어 있지 않음에도 값비싼 차를 몰고 명품으로 치장을 하고 다니지만 속을 들여다보면 여기저기서 빚 독촉에 시달리고 있는 것으로 알고 있다. 몇 주 전에도 한국에 있는 부모님이 살던 시골 땅을 두고 자기 몫을 미리 계산해 달라고 요청해서 오빠인 남편과 한바탕 입씨름을 한 적도 있었다.

*

　사실, 현숙이 귀중품을 잃어버린 일이 벌써 두 번이
나 있었다. 한 번은 작년 가을 남편과 여행사를 통해서
6박 7일 서부여행을 다녀올 때다. 여행 두 번째 날에 라
스베가스를 관광하던 중에 호텔에서 샤워를 하고 목걸
이를 빼서 욕실 작은 타월에 싸서 거울 받침대에 올려
놓고 샤워를 마치고 그대로 잠이 들었다. 다음 날 새벽
다른 팀보다 조금 일찍 출발해야 여유로운 여행을 할
수 있다는 가이드의 재촉에 급하게 호텔을 나와 다음
목적지인 그랜드캐니언의 호텔에 도착해서야 목걸이
를 놓고 온 기억이 났다. 급하게 호텔로 전화를 해서 상
황 설명을 하였으나 오전의 근무조가 퇴근을 해서 확
인이 불가능하며 내일 다시 연락하면 확인해 주겠다는
사무적이고 원론적인 답변에 포기를 해 버린 경험이
있었다.

　또 한 번은 몇 년 전 교회에서 부활절 행사와 더불
어 지방회 행사가 있던 날이었다. 행사 음식을 준비하

면서 진주 반지를 빼서 주방 선반에 놓고 저녁 늦게까지 교회 행사를 마치고 집으로 돌아온 후에야 생각이 나서 급하게 교회로 달려갔지만 그날은 외부에서 많은 손님들이 다녀가는 바람에 누군가에 의해 없어졌을 것이라는 생각에 빨리 포기를 한 적도 있었다. 다행히 다음 주일 날 성가대 연습을 하다가 피아노 건반 위에 떨어진 반지를 반주자가 발견하여 찾은 적도 있었다.

현숙의 마음속 용의 선상에 올라간 사람은 한 사람이 더 있지만 그 사람을 네 번째 용의자로 둔다는 것이 왠지 큰 죄를 짓는 것 같아서 용의 선상에서 억지로 빼기로 했다.

현숙은 갑자기 열무김치를 다듬던 날의 상황이 생각났다. 주일 날 교회 예배를 마치고 한인마트에 들러 장을 보다 싱싱한 열무단을 발견하고 열무김치를 담가야겠다는 마음과 귀찮다는 두 개의 마음으로 갈등하며 잠시 망설이고 있었다.

"어머, 어머. 조 권사님 장보러 오셨네."

과일 코너 쪽에서 검정색 정장에 레이스가 달린 흰색 블라우스를 받쳐 입은, 교회에서 보던 차림 그대로 사모가 이쪽으로 다가오며 반색했다.

"네, 사모님. 어! 목사님도 함께 오셨네."

두 걸음 뒤쪽의 안 목사 역시 양복에 넥타이를 맨 차림으로 카트에 두 팔을 약간 얹은 채 어색하게 눈웃음으로 인사를 했다.

"어머, 열무단이 너무 좋다. 열무김치 담그면 맛있겠다. 그렇지 않아도 요즘 목사님이 입맛이 없다고 하시는데, 나도 열무김치나 담글까?"

말의 첫마디에 '어머'를 붙이는 사모의 말버릇은 이상하게도 기도할 때만 빼고 언제나 시작음으로 나온다.

"그럼, 사모님, 제가 담가서 드릴게요."

"어머, 아니에요. 권사님."

"사모님, 걱정 마세요. 제가 담그는 김에 좀 더 담그면 돼요."

"어머, 그럼 제가 도와드릴게요."

"아니에요, 사모님. 저 혼자 해도 돼요."

"어머, 그건 안 되지. 오늘 오후 아무 일 없으니까 권사님 집에서 내가 열무 다듬고 썻는 것 도와드릴게요."

"네, 그럼 그렇게 하세요. 아예 저희 집에서 저녁도 드시고 가세요."

"어머, 괜찮아요. 장로님 쉬셔야 할 텐데……."

"아, 아닙니다. 쉬기는요. 목사님이 피곤하셔서 그렇지요."

"저도 괜찮습니다."

"그럼 그렇게 하세요. 대구나 사다가 매운탕 끓여서 먹지요."

그리하여 장을 본 다음 현숙의 집으로 가서 열무를 다듬으며 다음 주에 떠날 성지순례에 대해 이야기를 나눈 후 밤이 이슥한 시간이 되어서야 헤어졌다.

회상이 거기까지 현숙의 머리를 스치자 현숙은 생각했다.

'그때 열무를 다듬다가 반지를 빼서 식탁 위에 놨었는데……. 그럼 열무 다듬은 쓰레기와 함께 신문지에 싸서 쓰레기통에 버렸을 수도 있겠네…….'

갑자기 오늘이 무슨 요일인지가 궁금해졌다. 쓰레기를 수거해 가는 날이 매주 수요일인가 목요일인가 생각이 나질 않는다. 옆자리에서 의자를 뒤로 젖힌 채 깊은 잠에 빠져 있는 남편을 흔들어 깨웠다.

"여보, 여보. 오늘이 무슨 요일이에요?"

"수요일이잖아."

남편은 별것도 아닌 것을 가지고 자고 있는 사람을

깨웠다는 듯 퉁명하게 말하고 다시 눈을 감았다.

'아, 오늘이 수요일.'

현숙은 급히 입고 있던 등산 점퍼 주머니에서 전화기를 꺼내 전화기의 버튼을 찾았지만 비행 중이라 통화가 되지 않았다. 지금 시간이 9시가 조금 넘은 시간이니까 아직은 쓰레기를 수거해 가지 않았으면 아들에게 연락해서 찾아보라 하면 될 터였다. 지나가던 승무원에게 물어보니 뉴왁 공항 도착 예정 시간이 10시 10분이라고 한다. 어쩌면 쓰레기 차가 오기 전일 수도 있겠다는 생각이 들며 시속 700마일로 날아가는 비행기 속도가 답답하게 느껴졌다.

뉴왁 공항에 도착하자마자 급하게 아들 상철에게 전화를 해 보았지만 연결음만 갈 뿐 전화를 받지 않는다.

"망할 놈의 자식."

몇 번을 시도하다 결국 은숙에게 전화를 하여 빨리 집으로 가서 쓰레기통을 버리지 말고 차고 안에 넣어두라는 말로 당부를 하고 나니 조금 안심이 되었지만 이미 수거를 해 갔으면 어떡해야 하나 하는 생각에 마음이 조급해진다. 이스라엘 텔아비브로 가는 비행기 탑승 시간이 20분 정도 남았지만 은숙에게서는 아무 연락이 없다. 그도 그럴 것이 은숙이 근무하는 세탁소에서 현숙의 집까지는 한 시간 거리다. 일단 비행기에 탑승해서 텔아비브 공항에 도착한 다음 통화하기로 마음먹고 비행기에 올랐다.

*

텔아비브 공항에서 급하게 은숙에게 전화를 걸었다. 은숙이 상철과 통화를 했는데 쓰레기는 이미 지난주 수요일에 수거를 해 갔고 오늘 아침에도 일찍 수거차가 수거를 마친 상태라고 한다. 실낱같은 기대가 순식간에 무너져 버렸다. 성지순례 첫날부터 안절부절못하는 현숙의 모습에 일행들도 마음을 못 잡고 갈팡질팡하면서 여행 분위기는 엉망이 되었다. 저녁식사 자리에서 결국 조 장로가 나서서 열무김치를 담그다가 반지를 잊어버리게 된 정황을 일행에게 설명하고, 아내에게 더 이상 반지 문제로 일행에게 불편을 주어 분위기를 해치는 일이 없도록 하라는 당부를 했다. 사모에게도 오해하지 말라는 당부까지 곁들이는 것을 잊지 않았다.

조 장로가 사정을 설명하고 아내에게 입단속을 시킨 후 성지순례 여행은 일정대로 순조롭게 진행되었다.

*

안영도 목사는 예루살렘을 떠나 베들레헴으로 가는 차 안에서 깊은 묵상에 잠겼다. 30년이 넘는 세월을 목회하면서 벼르고 벼르던 순례길이다. 말씀을 준비하면서나 기도를 할 때도 항상 가슴속에 공허한 영혼이 그를 짓누르고 있었다.

그곳에는 어떤 땅이 있고, 어떤 나무가 자라고, 어떻게 생긴 달이 떠오를까?

예수께서 나고 자란 동네의 골목길과 갈릴리 호숫가, 바위와 모래로 뒤덮여 황량한 바람이 쓸고 지나가는 광야, 다가올 죽음을 향해 그 광야 위를 걸어간 예수의 발자국 위에 자신의 발자국을 포개 보고 싶었다. 예루살렘에서 베들레헴은 남쪽으로 8킬로미터쯤 떨어진 곳으로 그리 멀지 않았다. 차창으로 바라본 풍경은 안목사가 평소 마음속으로 그리던 세상과는 달랐다. 베들레헴에 들어가려면 이스라엘 검문소를 통과해야 했

스틱스강

다. 실탄이 가득 든 자동소총으로 중무장한 이스라엘 군인과 장갑차가 검문소를 지키고 있다.

저 군인의 모습이 어쩌면 2,000년 전 이 지역에서 유대인으로 태어난 예수의 모습일 수 있겠다는 생각을 했다. 저렇게 생긴 눈과 코, 저 색깔의 머리칼, 저런 피부를 가졌을 거다. 그리고 믿음, 소망, 사랑을 외쳤을 거다. 하지만 지금은 예수의 외침이 아닌 분쟁과 갈등으로 긴장감이 흐르고 있다. 검문소 이쪽과 저쪽은 달라도 너무 달랐다. 유럽을 연상케 하는 예루살렘의 깔끔한 모습과는 달리 팔레스타인 지역은 비포장 도로에 80년대 우리나라 정착촌 같은 모습이다. 차장 밖으로 날리는 흙 먼지 사이로 팔레스타인 사람들의 모습이 보였다. 아니, 어쩌면 저 모습이 예수의 모습일 수도 있겠다는 생각을 했다.

*

여행에서 돌아왔다. 조 장로는 성지순례에서 돌아오자마자 아내인 현숙에게 더 이상 반지에 대해서 생각도 이야기도 하지 말라고 당부를 했다. 더 이상 잃어

버린 반지로 인해서 여러 사람에게 상처를 주고 그로
인해서 인간관계마저 잃어버릴 수 있음을 상기하며 내
일이라도 똑같은 걸로 새로 사 주겠다고 했다.

*

어젯밤 늦은 시간이 되어서야 집에 돌아온 안 목사
부부는 늦게까지 잠을 자고 10시쯤 되어서야 일어났
다. 10박 11일의 여행기간 동안 주로 양식만 먹다 보니
김치나 고추장 같은 자극적인 한국음식이 먹고 싶어졌
다. 여행을 떠나기 전 냉장고에 있던 음식을 모두 비웠
기에 오후에 장을 보기로 하고 지난번 조 장로 집에서
담가 온 열무김치를 넣고 고추장에 비벼서 이른 점심
으로 먹기로 했다.

사모가 열무 비빔밥을 양푼에 비벼서 밥그릇에 옮겨
담는데, 어슴푸레 찰그랑 하고 금속 부딪치는 소리와
함께 무언가 섬뜩한 섬광이 눈동자를 스치고 지나갔
다. 숟가락으로 뭉쳐져 있는 열무김치를 조심스레 훑
어 보니 밥풀과 함께 열무김치에 엉겨 붙은 다이아 반
지가 나왔다.

"어머! 이게 웬일이야! 어머, 어머! 목사님, 이리 와 봐요. 김치에서 반지가 나왔어요. 조 권사님이 잃어버렸다던 그 다이아 반지가 나왔어요! 어서 권사님께 전화해야겠다."

사모는 일회용 비닐 장갑을 벗고 얼른 핸드폰을 집어 들었다.

"여보, 잠깐 기다려 봐요!"

전화기에서 현숙의 번호를 찾아 버튼을 누르려는 순간 안 목사가 강렬한 외마디 소리를 외쳤다. 사모가 왜 그러냐는 듯한 표정으로 남편의 표정을 바라본다.

"조금 기다려 봐. 지금 전화하면 안 돼요."

이유를 모르겠다는 듯한 사모의 표정을 쳐다보며 심각하게 무언가를 생각하던 안 목사가 입을 열었다.

"지금 당신이 반지를 찾았다고 하면 오해를 살 수가 있어요. 그러니 상황을 정리해서 천천히 연락해요."

사모는 아직도 상황 판단이 정확히 서지를 않았다.

예루살렘 호텔에서 조 장로가 반지를 잊어버린 상황 설명을 할 때 현숙이 끼어들어 열무 다듬을 때 손에서 반지를 빼서 탁자에 올려놓은 것 같다고 하며 사모님도 보시지 않으셨냐고 억지로 동의를 구했더랬다.

안 목사는 왠지 은연중에 현숙이 아내에게 의심을 품고 있는 듯한 기분을 느끼고 조금은 감정이 불편해졌었다.

안 목사는 여행에서 돌아오자마자 김치에서 반지가 나왔다고 한다면 조 장로 부부가 사실 그대로 받아 주지 않을 수도 있을 거라는 생각이 들었다. 성지순례를 하면서 사모로서 양심에 가책을 느끼고 고민하다가 김치 속에서 반지가 나왔다는 식의 핑계를 만들어 훔쳐 간 반지를 돌려주려고 한다고 오해를 할 수도 있겠다는 생각이 들었다.

인간은 비슷한 생각을 가지고 있으면서도 전혀 다른 결론으로 판단을 내리는 경우가 대부분이다. 내가 다른 사람의 마음을 헤아리는 데 인색하기 때문이다. 그것은 어쩌면 매우 자연스러운 일일 수도 있다. 내가 하는 생각에 의미와 가치를 두고 상대의 의미와 가치를 이해하려고 하지 않기 때문이다. 솔직히 안 목사 자신도 반지가 김치에서 나왔다는 아내의 말에 뭔가 조금 이상하다는 생각을 지울 수 없었다. 여행지 호텔에서부터 아내의 행동이 여느 때같이 정상적으로 느껴지지 않았다. 평소 약간 호들갑스럽던 아내의 행동이 지나치게 조용

스틱스강

해져서 어디가 불편하냐고 물었을 때 아내는 그냥 소화가 잘 안 돼서 그렇다는 대답을 했다. 안 목사는 음식이 입에 맞지 않아서 그럴 수 있겠다고 생각했다.

그러나 돌아오는 날까지 아내는 웃음기 없이 식사도 제대로 안 하고 언제나 말 앞에 '어머'를 붙이지도 않을 뿐 아니라 말수가 적어졌다. 몇 년을 벼르고 별러서 온 성지순례인데 아내는 빨리 돌아가고 싶다는 얘기를 한 적도 있다. 남편인 안 목사 자신도 아내의 행동에 약간의 의심이 가는데 만약 여행에서 돌아오자마자 김치에서 반지를 찾았다고 하면 의심의 눈총을 받을 수도 있겠다고 생각이 미치자 어떻게 처리를 하는 게 좋을지 마음이 불편해졌다.

그렇다고 아내에게 자신의 생각을 솔직하게 얘기하는 것도 내키지 않았다. 정말로 아내가 반지를 훔친 후 양심의 가책을 느껴 일부러 지어낸 상황이라면 아내에게 상처를 주고 자존심을 건드리는 일이 될 수 있다는 생각이 들었다. 어느 정도 정리할 시간이 필요하다고 느껴졌다.

다음 날 주일 예배에서 설교를 위해 강단에 올라 회중을 둘러보니 어김없이 조 장로 내외가 매일 앉는 자리에 앉아 강대상을 올려다보고 있다. 기도를 끝낸 조권사가 주보를 읽으려 손을 움직일 때마다 손끝에서 무지갯빛 광채가 번쩍이는 것처럼 느껴졌다. 그때마다 안 목사의 시선은 자꾸만 반대쪽 회중으로 쏠리며 목소리에 힘이 떨어졌다.

"예수님은 '가난한 자에게 복이 있다. 부자가 천국에 들어가기는 낙타가 바늘구멍을 통과하기보다 어렵다'고 말씀하셨습니다.

누가복음 5장 4절에는 '깊은 데로 저어 나가서 그물을 내려 고기를 잡아라'라고 하십니다.

여기서 예수님께서는 '내 안의 심연'을 말씀하십니다. 거기로 다시 '돌아오라'고 말씀하셨습니다. 그렇습니다. 우리의 내면에는 깊은 바다가 있습니다. 예수님께서는 거기에 '그물을 내려라'라고 하셨습니다.

그게 무슨 뜻인가 하면 저는 그것이 묵상이라고 생각합니다. 어떡하면 내 안의 깊은 바다를 향해서 그물을 던질 수 있을까요? 복잡한 세상에서 살다 보면 우리는 자신도 모르게 누군가를 미워하기도 하고 시기하고 의심하며 살게 됩니다. 누군가를 미워하고 시기하고 화를 내는 것은 내 마음에서 시작됩니다. 그것은 바로 죄가 내 마음에서 만들어진다는 것이지요. 내 마음에서 만들어진 것은 내 몸을 거쳐서 상대방에게 넘어갑니다. 1차적 피해자는 상대가 아니라 바로 나입니다. 자비도 마찬가지입니다. 자비를 베풀려면 먼저 내 안에서 자비심을 만들어야 합니다. 그걸 모아서 온기와 배려와 사랑의 감정에 내가 먼저 잠긴 후 밖으로 나오게 된다는 것입니다. 우리나라 속담에 '훔친 자보다 잃어버린 자와 의심하는 자의 죄가 더 크다'는 말이 있습니다. 욕심을 버리고 시기와 욕망 그리고 의심을 버려야 합니다. 그것만이 내 안의 깊은 바다에서 용서라는 천국을 만날 수 있기 때문입니다."

*

예배를 끝내고 성가대 연습까지 마치고 나면 오후 2시가 조금 늦은 시간이 된다. 조 장로는 안 목사에게 찾아와 저녁을 대접하고 싶다고 집으로 초대를 했다.

조 장로 집으로 가는 차 안에서 안 목사는 어떠한 상황에서도 반지에 대해선 모른 체하라고 아내에게 여러 번 당부를 했다. 조 장로 집으로 가는 길에 마트에 들러

배 한 상자를 샀다. 대부분의 목사들이 그러하듯이 심방을 가든 초대받은 자리로 가든 달랑 성경책만 들고 방문을 하지만 안 목사는 빈손으로 간 적이 단 한 번도 없었다. 별것이 아니라도 박카스나 식혜박스라도 꼭 사 들고 간다.

일상복으로 갈아 입은 조 장로가 반갑게 맞이했다. 소박하면서도 간결한 음식상이 차려져 있었다.

"목사님이 기도해 주시지요."

"예, 그러지요. 은혜로우신 하나님 아버지, 오늘도 하나님의 무한함을 믿으며 우리들의 유한한 생각 속에 자신을 가두고 살고 있음을 고백합니다. 우리의 기준, 우리의 안목으로 하나님의 나라를 들여다보는 우를 범하지 않게 하시고, 내가 찾는 삶의 평화를 이루도록 저희에게 지혜를 내려 주시고 함께하여 주시옵소서. 준비한 손길에 감사드리며 예수님 이름으로 기도드리옵나이다. 아멘."

"차린 건 없지만 맛있게 천천히 드세요."

현숙은 집으로 돌아오는 길에 마트에 들러서 사 온 광어회 접시를 안 목사 쪽으로 당겨 놓으면서 말했다.

"사모님도 많이 드세요."

"어머, 정말 회가 싱싱하네요."

그때였다.

"목사님, 반지를 찾았습니다. 목사님 말씀처럼 잃어버린 사람이 죄가 크다고 나나 저 사람이나 괜히 이 사람, 저 사람 의심을 했습니다. 회개합니다. 죄송합니다."

조 장로가 죄인 같은 표정을 지으며 말했다.

"어머, 반지를 찾았어요?"

광어회를 집어서 초고추장을 찍으려다 조 장로의 얼굴을 쳐다보는 바람에 젓가락에 집었던 광어회가 떨어졌다. 사모가 의아하다는 표정으로 안 목사와 조 장로의 얼굴을 번갈아 가며 쳐다봤다.

"네, 침실 문갑에 잘 보관되어 있었는데 저 사람이 당황해서 미처 확인을 못 한 것 같습니다. 나이가 들면 눈에 보이는 곳에 대충 둬야지 잘 둔다고 하다가 오히려 못 찾는 경우가 종종 있습니다."

*

안 목사 부부는 어김없이 새벽 예배를 위해 교회로 향했다. 새벽 안개가 헤드라이트의 빛에 따라 흐느적 피어오르고 있었다. 시야를 가로막는 안개의 입자가 자동차 유리창을 뚫고 안 목사 가슴을 적시고 있었다. 알 수 없는 어떤 종류의 답답함이 안 목사의 목구멍에서 솟구쳤다. 마치 창밖의 얼룩을 창 안쪽에서 하염없이 닦아 내는 기분이었다. 아무리 닦아도 지워지지 않는 답답함. 그것은 어느 바람 부는 저녁나절의 슬픔 같은 그런 막막함이었다.

새벽 예배를 마친 후 안 목사는 아내를 집에 내려놓고 혼자 차를 몰았다. 30여 분을 달려 포토맥 강 언덕 위에 서서 유유히 흐르는 강물을 내려다보았다. 강줄기는 막막한 아침 안개에 묻혀 부드럽지만 장엄하게 흘러가고 있었다. 새벽운동으로 달리는 사람, 자전거를 타고 있는 사람이 건강한 웃음을 흘리며 지나간다. 반대편 도로 위에는 이른 새벽임에도 워싱턴 DC로 출근하는 자동차의 불빛이 안개를 뚫고 희미하나마 서로의 뒷모습을 비춰 가며 물 흐르듯 움직이고 있다.

그 모습을 보며 안 목사는 자신 안의 깊은 바다를 향해서 그물을 던질 수 있을까 생각했다. 안 목사는 주머니에서 반지를 꺼내어 힘껏 강줄기 가운데로 던져 버렸다. 넘실넘실 무리를 만들어 흐르는 강물은 아무런 이

유도 모른 채 높은 데서 낮은 데로 유유히 흘러만 간다

*

안 목사 부부가 돌아가고 조 장로는 아내와 침대에 나란히 누웠다.

"여보…… 나 당신에게 고백할 게 있어."

조 장로는 침대 서랍에서 반지통을 꺼내 반지를 현숙의 손에 끼워 주면서 말했다.

"잃어버린 반지…… 그거 그만 잊어버려. 사실 그 반지 진짜 다이아가 아니었어. 그 당시 형편이 좋지 않아서 이미테이션을 샀고 형편이 되는 대로 진짜로 바꾸어 주려고 했는데…… 그날이 오늘이 되어 버렸네……. 미안해요."

조 장로는 차분한 음성으로 현숙의 손을 부드럽게 잡으며 말했다. 조 장로의 말에 현숙의 마음에는 평화가 찾아오고 있었다.

스틱스강(STYX RIVER)

12시 40분.

한꺼번에 많은 인원이 붐비는 시간을 피해 일부러 점심시간이 끝나 가는 시간에 맞추어 구내식당에 들어섰다. 햇볕이 잘 드는 창가 부근 자리에서 혼자 밥을 먹고 있는 시연의 모습이 보였다.

"오늘 점심이 늦으셨네."

내가 식당에 들어서자 카운터 입구에서 식권 정리를 하고 있던 영양사 미세스 안의 인사에 나는 가벼운 미소로 대신했다. 식권을 식권 통에 집어넣고 층층이 쌓여 있는 식판을 들고 배식구에서 배식을 받으면서 곁눈질로 시연을 보았다. 한쪽 손으로 턱을 괴고 밥알을 세듯이 억지로 젓가락질을 하고 있던 시연과 눈이 마주쳤다. 시연이 젓가락을 쥔 손을 나를 향해 허공에 흔

스틱스강

들며 고르고 하얀 이를 드러내 놓고 환하게 웃어 주었다. 시연이 앉아 있는 건너편 식탁에는 인사부 직원들이 식사를 끝내고 담소를 나누고 있었다. 나는 잠시 어디에 앉을까 하고 고민을 했다. 하지만 당당해지자고 마음을 먹었고 시연이 앉아 있는 자리로 향했다. 어색해 보이지 않으려고 애를 쓰기는 했지만 안경알에 우유막 같은 백태가 낀 듯이 시야가 흐려지며 행동이 부자연스러워졌다. 자연스럽게 보이려고 억지로 행동하는 만큼 의지와는 반대로 내 발걸음은 휘청거렸다. 나는 중심을 잡고 그녀의 앞자리에 가서 앉았다.

"오늘 점심이 늦으셨네."

평소에는 '맛있게 먹었어?'라든가 '잘 지냈어?' 같은 말로 인사를 했다. 하지만 마음속에 숨겨져 있던 민망함 때문인지 나도 모르게 미세스 안이 나에게 했던 대로 존댓말이 튀어나왔다. 어색한 몸동작을 감추려 목소리의 톤을 낮추며 말을 했지만, 내 스스로 생각해도 물기 없는 목소리는 투박하게 갈라지며 오히려 억지스럽게 들릴 것 같았다. 어설픈 배우의 연기 같은 행동이 시연에게 들킨 것 같아 목덜미에서부터 부끄러움이 열기로 피어 얼굴로 스멀스멀 올라가는 것이 느껴졌다.

점심시간이 끝나 가는 시점이어서 주방 안쪽에서는 식판을 닦고 바닥 청소를 하는 소리와 취사원 아줌마들이 큰 소리로 떠들어 대는 잡담이 시끄럽게 들렸다. 사내 방송을 통해 흘러나오는 〈피가로의 결혼〉 서곡과 섞여서 묘한 소음이 만들어졌다. 창문에 쳐진 블라인드 모양으로 그림자와 햇볕이 층층이 쌓였다. 블라인드 사이를 비집고 들어오는 햇살 사이로 피어오르는 먼지와 함께 나의 마음도 춤을 추며 불안정하게 흔들리고 있었다. 그래도 시연이 앉은 뒤쪽 창을 통해서 들어오는 봄 햇살은 홀 안의 기온을 따사롭게 하고, 테이블 가운데에 장식해 놓은 안개꽃에 감싸여 빨간 사랑을 담고 있는 카네이션에 생기를 넣어 주고 있는 듯 보였다. 인사부 직원들이 식당을 빠져나가자 매점 옆으로 생산부 직원들이 몇몇이 보일 뿐, 식당 안에는 나와 시연만 남아 있었다.

나는 시연을 의식한 채 아무 말도 못 하고 밥 먹는 것에만 열중하면서 시연이 먼저 무슨 말을 해 주길 바라고 있었다. 내 바람과는 달리 식사를 끝낸 시연은 손등을 접은 채, 두 손을 겹쳐 턱을 괴고 나의 밥 먹는 모습을 물끄러미 바라보았다. 결국 어색한 상황을 참지 못한 내가 먼저 입을 열었다.

"시연아, 뭐 하나 물어봐도 되겠어⋯⋯?"

시연은 턱을 괸 채로 이미 무슨 질문을 할 거라는 것인지 알겠다는 듯, 묘한 표정을 짓고는 그냥 나를 쳐다보며 웃기만 했다. 나는 억지 미소를 지으며 그러나 조금은 화난 듯이 물었다.

"왜 회사를 관두는 거야? 나 때문이야?"

"⋯⋯."

잠깐 동안 침묵이 흘렀다.

"말하기 곤란하면 안 해도 돼⋯⋯."

말없이 물끄러미 나를 쳐다보던 시연이 턱을 괸 손을 풀고 팔짱을 낀 듯 양 팔꿈치를 탁자 위에 올리며 뜻밖의 말을 했다.

"형, 형 눈엔 형이 어떻게 보여요?"

그 말을 하고는 대답이 없을 거라는 것을 이미 알고 있다는 듯, 시연은 식판을 날름 들고 내 어깨를 툭 치고는 식기 반납구 쪽을 향해 걸어갔다.

나는 먹던 밥숟가락을 황급히 내려놓고 그녀를 따라가며 물었다.

"그게 무슨 뜻이야?"

시연은 말없이 잔반 통에 남은 음식을 버리고 식판과 스푼을 분리해서 식기 통에 넣은 후 서둘러 빠른 걸음으로 식당을 빠져나갔다. 영양사 미세스 안의 의아해하는 표정을 등 뒤로 의식하며 나도 식당 밖으로 나왔다. 저만큼 앞서 화단을 가로질러 사무실로 향하는 시연의 모습이 잠깐 보이다가 나의 시야에서 사라졌다. 따라갈 수는 있었지만 더 이상 따라가 대답을 강요한다는 것은 그녀의 마음을 또다시 불편하게 하는 일이라는 생각이 들었다. 사무실 현관 입구에 인사부 장대리와 직원들이 모여서 담배를 피우고 있었다. 몇몇은 자판기에서 뽑은 커피를 홀짝홀짝 마시며 따사로운 봄볕에 점심 시간을 즐기고 있었다. 나는 그냥 지나치려다 그들의 잡담 속으로 발걸음을 옮겼다.

*

시연과 나는 입사 동기다. 나는 군대를 마치고 회사에 입사를 했고, 시연은 대학 졸업과 동시에 입사를 해서 동기생이기는 해도 나이 차이가 3살이나 난다. 시연은 나를 개인적 호칭으로는 '형'이라고 불렀다. 그녀는 상사들은 물론이고 동료와 후배들에게까지 인정받는, 상냥하고 업무를 잘하는 사람이었다. 30명의 입사 동기들 중 대부분이 서울 본사에서 근무를 하지만 시연과 나는 인천 공장으로 발령받았다. 시연은 총무부, 나는 관리부로 부서가 나뉘었다. 서로 근무하는 부서는 달랐지만 나는 착하고 예쁜 시연에게 잘해 주고 싶었고 그녀와 가까워지고 싶었다. 그러나 소심하고 적극적이지 못한 나의 성격 때문에 마음과 달리 벽 하나를 사이에 둔 같은 건물 안에 4년이란 시간이 지나는 동안 업무적인 관계에 머물고 있었다. 서로에게 좋은 감정을 지니기는 하였지만 친구도 애인도 아닌 애매한 관계로 더 이상의 사이로 발전시키지는 못하고 있었다. 건물 뒤쪽 총무부에서 근무하는 그녀에게 다가가기 위해 일부러 일을 만들어서 그녀가 근무하는 방으로 찾아가기도 했고 일이 없는 날에도 일부러 그녀의 시간에 맞추어 퇴근을 하기도 하였다.

나는 몇 주 전 토요일 회사 정문 길 건너 터미널 옆길에 차를 주차하고 시연의 퇴근을 기다리고 있었다. 3시가 조금 지나 회사 정문을 나와 길을 건너 버스 정류장으로 향하는 그녀가 보였다. 급히 차를 몰고 시연의 앞으로 다가갔다.

"지금 퇴근하는 거야? 내가 데려다줄게."

잠시 망설이듯 주춤대던 그녀가 주위를 한 번 둘러본 뒤 차에 올랐다.

"시연아, 다른 약속 없으면 연안부두 가서 바람도 쐬고 저녁 먹고 갈까?"

잠시 망설이는 듯하던 시연이 씨익 웃으며 살짝 눈을 흘겼다. 나는 핸들을 틀어 방향을 돌렸다.

연안부두의 횟집에서 저녁과 함께 소주를 마셨다. 평소 주량이 많지 않은 나는 금세 취했고 취기에 용기를 얻어 그동안 참아왔던 내 마음을 털어놓을 수 있었다.

"시연아……"

"……"

"시연아, 나 너에게 할 말이 있어……."

나는 취해 있었고 말소리는 어느새 혀 속으로 말려들어 가고 있었다. 시연은 아무 말도 하지 않고 내 눈을 똑바로 쳐다보았다.

"……시연아, 나 너 좋아하면 안 될까? 내가 너를 사랑하면 안 될까……?"

나도 시연을 쳐다보며 흔들리는 말소리를 최대한 붙

들고 진지하게 말한다고는 했지만 말끝이 흐려졌다.

"……."

시연은 고개를 숙이고 눈을 감은 채 오른손 엄지로 왼손 손톱을 문지르며 가벼운 한숨을 쉬었다.

잠시 침묵이 흘렀다.

"왜 대답을 안 해. 거절하는 거야……? 무슨 말이라도 해 봐."

나는 조금 흥분되어 있었고 재촉하듯 다그쳤다.

"형, 많이 취했어. 그만 일어나자."

그녀가 핸드백을 손에 쥐며 일어났다.

"그래, 알았어……. 갈 테면 너나 가. 내 걱정하지 말고……."

허락도 거절도 아닌 그녀의 행동을 나는 거절로 받아들였고 자존심이 무너지며 조금씩 흥분되어 갔다. 나는 소주를 한 병 더 시켰고 맥주컵에 따라서 벌컥벌컥 마셨다. 그것이 그날 내가 기억하는 전부다. 어떻게 집에 왔는지 모른다. 아침에 눈을 뜨니 침대에 누워 있었다.

나 자신이 너무 부끄러웠다. 4년의 시간을 마음에 담고 기다린 결과의 행동이 고작 그래야만 했나, 하고 자신을 원망하고 비통해하였지만 되돌릴 수 없는 현실 앞에 고개를 들 수가 없었다. 나는 월요일도 화요일도 출근하지 않았다. 아니, 못했다고 하는 말이 옳은 말이다. 숙취로 인해 몸이 정상이 아닌 것도 이유일 수 있지만 그보다는 시연을 마주볼 자신이 없었기 때문이다. 수요일에 출근하였지만 그녀를 피해 총무부 근처에 얼씬도 하지 않았으며 복도를 오고 갈 때도 혹시 시연과 마주칠까 두려워 사방을 두리번거리며 조심을 하였다. 식당에도 가지 않았다.

몇 주 뒤 시연이 회사에 사표를 냈다는 소문이 들려왔다. 나는 그날의 나의 어설픈 행동이 그 녀를 퇴사하게 한 원인일 수도 있겠다는 생각에 마음이 심란했다.

시연의 사표가 수리되어 총무부에서 송별연을 열어준다는 소문이 돌았다. 나의 마음은 감당할 수 없을 만큼 불안함과 초조함으로 가득 채워졌다.

'나도 관둬야 하는 것 아닐까.'

혼자 그런 생각을 하기도 하고 왠지 그녀가 없는 이 회사에 내가 존재해야 할 이유가 무엇인가 의구심이 들기 시작했다. 연안부두에서의 고백 이후 처음엔 배신당했다는 생각이 들기도 하였지만, 그러한 생각은 나

만의 이기적 생각일 뿐이었다. 우리는 배신을 당할 것
도 배신을 할 것도 없었다. 애초에 그녀와 나는 아무런
관계도 아니었다.

섭섭한 마음과 미운 마음을 지나서 애원이라도 해야
할 것같은 치졸한 생각이 나를 지배하기 시작했다. 어
떻게든 해 보아야 한다는 마음을 가지고 있는 것은 사
실이지만 어떻게 해야 할지, 무엇을 해야 할지를 모른
채 무언가의 두려움에 싸여 나는 조금씩 무너지고 있
었고, 무너지는 만큼 서서히 그녀를 사랑할 자신이 없
어져 가고 있었다.

*

봄비치고 꽤 많은 양의 비가 내린다고 생각했다. 봄
비가 아니었다. 이미 여름의 중턱을 넘어서 가고 있었
고 장맛비가 내리고 있었다. 나는 미루어 두었던 월말
결산을 위해 모두가 퇴근한 사무실에서 혼자 업무를
처리하고 있었다. 어쩌면 회식을 끝낸 시연이 회사로
돌아올지도 모른다는 생각을 하기도 했지만 기대하지
는 않았다. 어느새 시간은 10시를 넘었고 피곤함이 밀

려왔다. 책상에 엎드려 잠시 눈을 감았다. 얼마가 지났을까, 어설프게 잠든 상태에서 누군가 사무실로 들어오는 발자국 소리가 멀리서 들렸다. 경비 아저씨일 거라 생각하고 고개를 돌렸다.

시연이었다. 송별식에서 많이 마셨는지 그녀는 어느 정도 취해 있었고 흰색 블라우스가 비에 젖어 가냘픈 그녀의 몸에서 한기가 아련하게 내비쳤다.

"웬일이야. 늦은 시간에……."

반가운 마음과 달리 내 목소리는 조금 화난 사람처럼 퉁명하게 튀어 나왔다.

"형이 있을 줄 알고 인사하고 가려고 들렀어."

그녀는 명랑한 표정을 억지로 지으려 했지만 목소리에는 어딘지 아쉬움이 남아 있는 듯 촛불처럼 흔들리고 있었다.

"그리고 지난번 형이 물어본 것에 대답해 주려고……."

옆자리에 의자를 끌어 다가 등받이에 몸을 깊숙이 기대고 한 손으로 턱을 괸 채로 물끄러미 나를 쳐다보며 말했다.

약간의 침묵이 흘렀다. 호흡이 거칠어지는 것이 느

껴졌다.

"나 지금 퇴근하려던 참인데 우리 나가서 차 한잔하면서 잠깐 얘기 나눌 수 있을까?"

조급해진 내가 책상 서랍을 열쇠로 잠그고 우산을 챙겨 들면서 불안하게 말했다.

"아니야, 형. 미안해. 밖에 누가 기다리고 있어. 그리고 지난번 형이 나한테 좋아하면 안 되냐고 물어본 말…… "

단발보다는 조금 길게 웨이브 진 머리를 손으로 훔치던 시연이 조금 심각한 어조로 말했다.

잠시 침묵이 흘렀다.

"형, 너무 심각하게 생각하지 마. 그리고 나 착하지도 정직하지도 않은데……. 억지로 착하고 정직한 척하지 않고 그냥 자유롭게 살고 싶어. 그래서 관두는 거야. 형한테는 미안해. 형이 나 좋아하는 거 알고…… 내가 형을 좋아할 수는 있었겠지만 솔직히 사랑할 수는 없어. 그리고 형…… 나 좋아하면 안 돼. 미안해, 형……."

시연이 손을 내밀었다. 엉겁결에 나도 모르게 시연의 손끝을 잡았다. 시연의 손끝에서 싸아 하고 파도가 밀려오듯 서늘한 기운이 나의 손끝으로 전해진 뒤 다시 가슴으로 전달되어 몸이 움츠러드는 것이 느껴졌다.

"형, 미안해……."

시연이 다시 한번 미안하다는 말을 하였다. 그 말을 끝으로 어딘가 아쉬움과 무언가를 숨기고 있는 듯한 표정을 남기고 그녀는 떠나갔다. 복도를 걸어 현관문을 나서는 그녀의 뒷모습이 보였다. 세상에는 자기의 참모습을 완전히 보여 주지 않을 때가 수없이 많다. 나는 그녀를 붙잡고 싶은 욕망을 떨구며 허물어져 가는 내 자존심을 지키고 있었다. 사랑하되 사랑하는 사람을 욕심내지 않고 보내는 행위가 내게 있어 흐르는 강물 위에 몸을 띄우는 것과 같다는 생각을 했다. 그렇게 조용히 흘러가는 것이 가슴 아프지만 그냥 소소하게 신음하고 아픔을 참고 이겨 내려 애쓰며 발버둥 치고 있었다.

회사 정문 옆 주차장에 세워져 있던 승용차에서 누군가가 내렸다. 조수석 문을 열어 시연을 태운 후 운전석으로 돌아가 문을 닫은 채 잠깐 동안 시간이 흘렀다. 몇 분의 시간이 흘렀을까? 나는 창가에 섰다. 빗줄기가 유리창에 부딪쳐 제법 굵은 선을 만들어 시야를 어지럽혔다. 나는 안경을 벗어 옷깃에 닦으며 창문에 부딪치는 물방울처럼 젖어 드는 슬픔을 이겨 내려 노력하고 있었다. 잠시 후 시연을 태운 차에 불빛이 켜지고 서서히 연안부두 제2부두 방향으로 어둠을 가르며 내 시야에서 사라져 갔다. 빗줄기는 점점 더 강해져서 폭우로 변해 가고 있었다.

*

그렇게 시연이 회사를 떠나고 꽤 많은 시간이 흘렀건만 그녀에게 향한 나의 마음은 어쩌면 나 자신을 향해 쌓아 올린 커다란 장벽이라는 생각이 들었다. 잊혀질 만하다가 다시 되살아나고 어느 땐 그림자처럼 집요하게 나를 따라다니고 있었다.

'형 눈엔 형이 어떻게 보여요?'

나에게는 그 말이 '지금 네가 살고 있는 삶이 옳다고 생각하는 거야?'라는 뜻으로 들렸다.

그녀의 그 말은 많은 시간이 흘렀어도 내가 회사 생활을 하는 내내 나를 괴롭혔다. 햇볕이 잘 드는 구내식당의 창가 쪽에 앉아 식사를 할 때도, 총무부에 일이 있어서 들렀을 때도, 사원 휴게소에서 자판기 커피를 마실 때에도 그녀의 물음이 나를 괴롭혔다. '내 눈에는 내가 어떻게 보이냐'는 말이, 그 말을 하던 그녀의 표정과 억양이 때로는 한약을 먹은 뒤의 쓰디쓴 느낌으로 다가왔다.

어떤 때는 '당신처럼 거짓으로 사는 인생, 왜 사는지 모르겠어'라는 말로 느껴지기도 했다. 아무리 먹고 살기 위해 한다지만 이 사람에게는 이런 표정, 이런 말투로 말하고, 저 사람에게는 저런 표정, 저런 말투로 말하는 사람. 누군가에게는 한없이 상냥하고 친절하게 대하다가 누군가에게는 무심하고 무정할 정도로 대하는, 진실도 없고 거짓도 없이 그냥 상황에 따라서 자동으로 변하는 로봇 같은 인간이라고 나를 판단할 거라는 생각이 들었다.

웃다가 돌아서서 울기도 하고, 울다가 돌아서서 웃음을 만들며 자신의 행동이 무엇인지, 어떻게 살아야 하는지, 어떤 모습이 진짜 내 모습인지를 모르는 사람이 되어 있는 나를 보며 누군가가 비웃고 한심한 눈초리로 비난할 것 같았다. 인간의 모든 기억은 과거를 편집한다. 뇌는 한번 경험한 것은 그 어떤 것도 잊지 않는다고 한다. 다만 어딘가 깊숙한 곳에 묻어 두거나 처박아 두었다가 필요에 따라 울컥울컥 튀어나오고 한다. 나는 춥고 메말라 갔다. 가끔 울고 싶다는 생각도 들었다.

*

나에 대한 업무 평가는 바닥이었다. 본사의 동기들 대부분은 대리로 진급을 하였지만 나는 학교 선배인 인사부장의 도움으로 대기 발령을 간신히 모면하는 게 고작이었다. 그러나 인사부장의 권유로 관계사로의 전출을 심각하게 고민해야 하는 상황이 되어 있었다. 일상이란 상황에 따라 달라지는 틈새가 어마어마해서 또 다른 일상을 만들어 내는 일의 중간과정은 끔찍할 정도로 무섭고 힘든 일이었다.

바닷가 쪽으로 난 아파트 베란다에 나가 먼 바다를 바라보았다. 5월이라고 해도 아직은 바다에서 불어오는 해풍은 얼굴을 스치고 지나 가슴으로 번져 차갑게 몸으로 전달됐다. 멀리 연안부두 횟집 거리의 네온사인 불빛이 번쩍거림에 따라 마음도 어지럽게 번쩍거리고 있었다.

거실로 돌아와 오디오에서 스틱스(Styx)의 〈Boat on the river〉를 틀었다. 냉장고에서 맥주를 한 병 꺼내 들고 소파에 앉았다.

내려가야 해. 내려와야 해.
강이 있는 나의 보트로 나를 돌려보내줘.

내려가고 싶고 돌아가고 싶었다. 그러나 내려갈 곳도 돌아갈 곳도 마땅히 생각나지 않았다. 갑자기 언젠가 회사 잔디밭에서 시연이 한 말 중에 그 말이 생각났다.

'형! 형은 열심히 사는 게 무언지 알아요? 최선은 어떻게 하는 거고 어떻게 살아야 열심히 사는 거야? 가끔 부모님들은 이런 말을 하잖아. 열심히 살아라, 최선을 다해라. 그런데 나는 '살다'나 '한다'라는 동사에 '열심히'라든지 '최선'이라는 부사가 붙어 있는 게 어색하다고 생각해요.'

나는 시연이 어떤 맥락에서 그 말을 하는지는 알 수 없었다. 그녀가 최선을 다해 열심히 살았다고 말하는 것인지, 그냥 되는 대로 살았다는 것인지, 열심히 산다는 게 그녀에게 올바르다는 가치의 문제라는 것인지 몰

스틱스강

랐다. 아니면, 삶의 조건이 그녀를 힘들게 했다는 것인지 어느 것 하나도 가늠이 되지 않았다. 그래서 그녀가 나에게 질문을 하여도 나는 별다른 대답을 하지 못했다. 그냥 그녀의 얼굴을 쳐다보며 어색한 미소를 보이는 것이 내가 할 수 있는 행위의 한계였고, 그것만이 그녀가 말하는 '열심히'와 '최선'의 최선이라고 생각했다.

가벼운 옷으로 갈아 입고 차를 몰아 회사 쪽으로 달렸다. 회사 담벽 뒤로 인천항 제2부두로 연결된 철도 건널목을 건너서 두 블록만 가면 옐로하우스다. 나는 이곳에 가끔 찾아들었다. 이 골목 여자들은 나를 '제임스 신'이라고 부른다. 영화 〈에덴의 동쪽〉 주인공인 '제임스 딘'에서 따 와 붙여진 이름이 나는 싫지 않았다. 아니, 어쩌면 그 이름을 듣고 싶어서 그곳을 찾고 있는지도 몰랐다. 술에 취해 말없고 우울한 표정을 한 반항아적 몸짓이 그녀들에게 그렇게 비춰졌는지는 알 수 없다.

길 건너 골목 어귀엔 흑장미, 연인, 첫사랑, 초연이라는 간판을 단 술집들이 줄지어 붙어 있고 술에 취한 한 무리의 남자들이 휘청대며 걸어갔다. 넥타이를 반쯤 풀고 와이셔츠는 바지에서 빠져서 바람에 펄럭이며 일행 중 누군가가 "과장님, 오늘 3차 어때요" 하고 외쳤고, 모두가 오케이를 힘차게 외치며 초연이라고 쓰인 집으로 우르르 몰려 들어갔다.

코너의 칼국수 집을 지나서 줄지어 서 있는 3층 건물 안쪽으로 들어서면 입구에서부터 나를 선택해 달라고 화려하거나, 섹시하거나, 슬프거나, 정숙한 모습으로 포장된 다양한 여자들이 손님을 기다리고 있다. 건물 입구의 의자에 앉아 있다 자동차 불빛의 움직임에 따라 손짓으로 호객을 하는 포주 이모들을 무시하고 98호 숙영이 있는 건물 앞에 차를 세웠다. 이모가 나를 반갑게 맞이하였다. 숙영은 그녀를 이모라고 불렀고 나도 그렇게 불렀다.

"어서 와요. 오랜만에 왔네요. 숙영이 많이 기다렸는데."

나는 말없이 웃음으로 대답을 대신하고 그녀가 안내하는 낯익은 2층으로 올라갔다. 숙영은 방에 없었다. 이모가 작은 쟁반에 맥주 두 병과 땅콩이 담긴 접시를 내려놓으며 숙영이 잠시 자리를 비웠는데 20분 정도 있으면 돌아올 거라고 미안한 표정으로 말했다. 나는 그냥 침대에 누웠다. 그리 크지 않은 방 안은 그녀의 성격대로 깔끔하게 정리되어 있었다. 방의 크기와는 어울리지 않게도 커다란 롯데 파이오니아 오디오 세트가 한쪽 벽면 전체를 차지하고 있었다. 그리 크지 않는 자개 장식장이 있고 찻잔 세트와 더불어서 세계문학전집과 헤밍웨이 전집이 몇 권의 소설책과 함께 가지런히 진열되어 있었다. 천정에 달린 모란꽃 모양의 갓등에서 흘러나오는 불빛에 시린 눈을 감았다. 잠 속으로 빠져들어 갔다. 이제 그만 눈을 떠야 한다고 생각했지만 이상하게 눈은 떠지지 않았다.

잠깐이었고, 그 잠깐 사이에 시연의 목소리가 들렸다. 시연이 어느 울창한 숲속을 걸어가는 모습이 보였다. 잠깐 얼굴을 비추고는 차례 지낼 때 지방을 쓰는 얇은 종이에 불을 붙인 듯 스르르 타들어 갔다. 잠시 후 다시 나타나 뜨거운 물에 인스턴트 커피가 녹듯이 사르르 하고 사라져 없어졌다. 잠시 후 또다시 나타났다. 그렇게 몇 차례 반복을 하였다. 맨발이었다. 무언가를 찾는 듯 신발을 벗어 손에 들고 머리엔 수선화를 꽂은 채 강가를 걸어가고 있었다. 물고기 하나가 스틱스강의 거친 물살을 헤치며 힘차게 솟구쳐 올랐다. 그때, 구름이 주변을 감싸고 갑자기 폭풍우가 치더니 주위가 어두워지면서 천둥 사이로 신들의 왕 제우스 신이 나타났다. 제우스를 본 세멜레가 자신의 소원을 들어달라고 했다.

"난 신들의 왕 제우스다. 내가 들어줄 수 없는 일이란 없다. 네가 원하는 어떤 것이라도 들어주겠다. 스틱스강을 두고 맹세하겠다."

세멜레는 제우스에게 당신의 본모습을 보여 달라고 말했다. 인간에게 번개의 신인 자신의 모습을 직접 보여 준다는 것이 어떤 의미인지 알고 있는 제우스는 스틱스강에 맹세한 자신의 약속이 후회되었지만 결국 자신의 모습을 보여 주었고 제우스의 본래의 모습을 본 세멜레는 눈이 멀고 온몸에 불이 붙어서 죽고 말았다.

어느새 나를 물끄러미 바라보고 있던 시연이 내 손을 잡으며 말했다.

"형, 형의 본래의 모습을 보여 줘."

나는 망설이고 있었다.

무언가 무거운 시선이 얼굴에 떨어지는 느낌이 들어 눈을 떴다.

"피곤한가 봐요? 그래서 안 깨웠어요."

가슴골이 제법 파인 잠옷으로 갈아입은 숙영이 침대 모서리에 앉아 잠든 내 모습을 물끄러미 쳐다보고 있었다. 나는 수영을 끌어안았다. 커다란 흥분이 밀려와 숙영의 귀를 핥았다. 갑작스러운 나의 거친 행동에 숙영은 조금 당황한 듯하다가 오히려 나의 뜨거운 혀끝의 감촉을 즐기고 있었다.

내가 숙영을 찾는 것은 오직 섹스 때문만은 아니다. 섹스를 할 때 강하게 지르는 금속성 목소리의 강렬함과 그녀의 매끄러운 살결과 보드라운 질감의 감촉이 나를 이끌리게 한다. 그녀와 섹스를 하면 오직 그 순간만 생각하게 되고, 어쩌면 이러다 죽을 수도 있겠다는 생각이 들 때도 있다. 부드럽고 따뜻하지만 때로는 날카롭고 간결한 그 무엇이 내 심장을 관통했고 거기가 끝이다. 이대로라면 그냥 끝이기를 바라지만, 그 순간 그녀의 몸에서 빠져나온다. 그녀의 몸속에서 나를 빼면 탐욕스러운 우물에 나의 모든 기억들을 집어넣어 메워 버린듯이 내 마음이 가지런해진다. 그녀의 숨소리도 잠든 사람처럼 서서히 가지런해진다.

우리는 밖으로 나왔다. 옐로하우스의 원칙으로는 밤 외출은 금지되어 있지만 이모의 특별 허락으로 아침 11시까지 돌아오는 조건하에 외출이 허락되었다. 나와 숙영의 관계는 손님과 매춘녀의 입장이지만 매우 다채롭고 역동적이며 서로가 서로에게 주고받을 게 있었다. 나는 그녀와의 만남에서 잠시라도 방황을 잊을 수가 있었고 그녀에게는 몸을 파는 행위를 벗어난, 데이트에 대한 판타지가 있었다.

어린 나이에 결혼에 실패하고 돌고 돌아서 이곳까지 오게는 되었지만 그녀에게는 알 듯 모를 듯한 묘한 기운이 있었다. 그녀는 "남자랑 데이트할 때 이런 거 해보고 싶었어요"라고 말하곤 했다. 커피숍에서 부드러운 휘핑 우유 거품 위에 시나몬 가루를 듬뿍 얹은 카푸치노 커피를 마시고 싶어 했고, 사거리 모퉁이의 포장마차에서 오뎅 국물에 말은 우동을 먹고 싶어 했다. 카바이트 불빛 아래 커다란 곰 인형을 사서 가슴에 안고 남자에게 매달리듯 밤 거리를 걷고 싶어 했고, 으슥한 골목길 어귀에서 깡충 발을 하고 남자와 키스를 하고 싶다고 말했다.

나는 그녀가 행복해하는 일이라면 차곡차곡 채워 주고 싶었다. 그녀는 말했다. 본인에게는 어울리지도 어쩌면 어울려서도 안 되는 일을 나에게서 느끼고 사랑받고 있다는 사실이 꿈을 꾸고 있는 것이라고 말했다.

결혼에 실패한 후 지금까지 역경을 헤쳐오면서 상대

가 특히 남자가 자신에게 무언가를 해 줄 거라는 기대도 없지만, 그렇다고 다른 사람에게 기댈 수 있는 마음의 여유도 없어서 내 삶, 내 인생은 오로지 자기 스스로 감당하며 살아야 한다고 어린 시절부터 그렇게 다짐하며 살아왔고, 지금도 매일매일 붙들고 사는 것이 그녀만의 생존 법칙이라고 했다.

하지만 이제는 조금 무리를 해서라도 더 열심히 하고 착하게 사랑해서 나에게 사랑받고 있다는 느낌을 경험하고 싶다고 했다.

나는 그녀의 그런 말들을 제대로 이해하기가 어려웠다. 그런 인정 욕구가 자신을 몰아붙이는 것에 대한 이유가 될 수도 없다고 나는 생각했다. 도움이 필요하면 도움을 구하면 되고, 혼자서 감당할 수 없는 일을 자신을 해치면서까지 해 나갈 이유는 없는 것이니까. 그러나 나는 나의 생각을 그녀에게 전하지 않았다. 어쩌면 그런 이야기는 그녀에게 사치에 불과하다는 생각이 들었고, 또 마음이 아파 왔기 때문이다.

그녀에게 뭔가를 채워 주어야 한다는 강렬한 마음이 나에게서 솟구쳤다. 사람들은 생각보다 복잡하고 어려움을 가슴에 안고 살아간다. 확실하게 규정지을 수는 없지만 그것은 외로움의 원천이었다. 외로움이란 때로는 정신이 혼미해질 만큼 맹렬하게 다가오기도 하고 자신을 다스리지 못하게 하기도 한다. 각자가 알 수 없는 저마다의 모습으로 다른 모습 다른 색깔의 외로움을 안고 산다. 숙영뿐만이 아니라 나도 그랬다.

나는 숙영을 사랑하기 시작했다. 그리고 사랑한다는 말도 했다. 나의 사랑한다는 말을 숙영은 믿지 않지만 고맙다고 했고 나는 스틱스강에 두고 맹세를 하겠다는 말로 그녀에게 믿음을 주고 싶었다. 그러한 약속이 시연에게 내 모습을 보여 주는 것이라는 생각이 들었기 때문이다.

그럴수록 내가 숙영에게 다가가는 날이 많아졌지만, 섹스의 쾌락에 반비례하여 멀어져 가는 나 자신의 마음에 나 스스로 불안함을 느꼈다. 그것은 어쩌면 이 관계의 한계를 나타내는 것일 수 있다. 지난날들이 다시 오지 않는다는 것에 가슴을 쓸어내리지만 그날들은 이미 지나갔고 다른 날들이 온다는 것은 잘 알고 있다. 어쩌면 모든 것이 지나간다는 사실을 부정하고 싶은 것일 수도 있고 그 사실이 싫었을 수도 있다. 하지만 부정하고 싫어한다고 해서 되는 것이 아니라는 것을 잘 알고 있으면서도 언제든 마지막이 될 수 있겠다는 우울함을 안고 매일매일 비슷한 날들을 만들며 살고 있었다.

*

인사부장의 배려로 그룹 내 관계사로 전출이 결정되었다. 그룹에서 말하는 유배지라고 불리는 양평에 있는 골프장에서 용역회사 직원으로 소속되어 있는 40여 명의 캐디와 내방객을 관리하는 업무가 나에게 주어진 일이다. 도심에서 상당히 떨어져 있는 데다가 새벽 이른 시간에 출근하여 내방객 준비를 해야 하는 관계로 기숙사 생활과 휴일 근무가 당연시되어 있어 그룹 내에서는 누구도 원치 않는 곳이다. 이사 문제 등을 고려하여 3주간의 휴가를 받았다.

여행을 떠나고 싶었다. 오래전부터 마음먹고 있었던 티베트로 여행을 떠나기로 했다.

*

어제 오후부터 비가 내렸다. 나는 오랫동안 잠을 자

고 화장실에 갔다가 잠깐 비 내리는 창밖을 보고 다시 이불 속에 몸을 눕혔다. 얼마나 잤을까? 요란한 소리에 눈을 떠서 창밖을 보니 번개가 선명하게 내리치고 10초 정도의 간격으로 천둥이 울렸다. 몸을 일으켜 창가로 다가가 번개와 천둥의 시차를 가늠하며 점점 굵어지는 빗줄기에 시선을 보내고 있었다. 1초, 2초, 3초…… 그렇게 10초를 세었다. 천둥과 번개가 도달하는 시간을 세며 자연 시간에 배웠던 것이 이 순간에 기억 밖으로 나타나는 것이 신기하다는 생각을 했다.

내일까지 비워 주기로 한 아파트 짐은 대부분 시골집으로 보냈다. 작은 여행용 가방에 당장 입을 속옷을 넣어 두고 45리터짜리 배낭 속을 여행 준비물로 채웠다. 오래전부터 마음먹기는 하였지만 구체적인 계획 없이 여행사에서 알려 주는 스케줄에 따라가는 여행이라 두려움이나 설렘보다는 뭔가 아쉬움이 남아 있지만 지금으로서는 이것이 최선이라고 생각했다. 인천에서 보낸 5년은 어쩌면 기억할 필요가 없었던 나날들에 대한 것을 기억해야 했던 시간인지도 모르겠다. 기억할 필요가 없는 날들이 기억되는 것은 어쩌면 미련 때문인지 몰랐다. 항상 최선을 다해서 살았다고 말할 수는 없지만 그렇다고 엉터리로 살았다고 말하고 싶지가 않았다. 내가 나 스스로를 비난하는 것은 인정하겠지만 내 삶에 절망하거나 내팽개치고 싶은 마음도 없었다. 인생의 어떤 순간에는 설명할 수 없는 결정을 할 때도 있다. 하지만 그건 결정을 할 수 있는 게 아니라 결정을 당하는 것이라고 생각했다.

*

일요일 저녁 시간의 인천공항 출국장은 한가했다. 약속된 장소에 도착하니 뉴욕 양키스 야구모자를 쓴, 이름은 알 수 없으나 덧니가 심하게 불거져 턱이 앞으로 돌출된 얼굴의 인기 개그맨을 닮은 여행사 직원이 나에게 인사를 하였다. 인사를 하는 동안 40대 중반으로 보이는 남자와, 20대 후반으로 보이는 여자가 커다란 여행용 가방 한 개와 색깔은 다르지만 같은 상표가 부착된 같은 모양의 배낭을 매고 한 손에 여권을 든채 약간 상기된 듯하지만 호기심 어린 표정으로 나를쳐다보고 있었다. 부녀지간이라고 보기엔 나이 차이가 너무 적고 부부 사이라고 하기엔 묘한 분위기가 느껴졌다. 여행사 직원의 소개로 두 사람과 인사를 나누었다. 베레모를 쓰고 개머리판 없는 소총을 어깨에 맨 두 명의 군인이 우리를 쓱 하고 한 번 쳐다보고 지나갔다. 나는 어색해진 분위기가 싫어서 조금 떨어진 의자에 앉아서 굳이 정리하지 않아도 되는 배낭 속의 물건을 뒤척였다. 여행사 직원이 나에게 다가와서 두 사람의 관계가 부녀도 아니고 부부도 아니고, 그렇고 그런 사이라고 내가 묻지도 않은 말을 내 귓속에 다 대고 속삭여 주었다.

탑승 수속을 마치고 탑승 시간까지는 2시간 정도 여유가 있어 우리 넷은 3층 커피숍으로 향했다. 개그맨을 닮은 여행사 직원은 여행일정표를 나누어 주며 설명을 했다. 말할 때마다 들쑥날쑥한 이빨 사이로 바람인지 소리인지는 모르지만 아무튼 무언가 새고 있다는 느낌과 밥을 먹고 난 후 이빨 정리에 많은 시간을 할애해야 할 거라는 쓸데없는 걱정이 들었다.

7시 15분, 인천 공항을 출발하여 중국 사천성 성도 공항에 10시 45분경에 도착해 출국장으로 나가면 티베트 여행사라는 팻말을 들은 현지 가이드가 안내를 할 것이라고 했다. 그곳에서 하룻밤을 잔 후 다음 날 아침

스틱스강

성도에 미리 도착해 있는 또 한 사람의 일행과 합류를 한 후 라싸로 출발하게 된다고 한다. 자신의 임무는 여기까지며 즐거운 여행이 되기를 바란다는 인사를 역시 바람인지 소리인지 무언가 빠지는 소리와 함께 남기고 그는 돌아갔다.

젊은 여자는 자신을 이상화라고 소개했다. 소개하는 도중 전화벨이 울렸고 실례한다는 말을 남기고 남자를 힐끗 한 번 쳐다보고는 매점 쪽으로 몸을 옮겨 통화를 했다. 남자는 그녀의 통화에 온통 집중하여 시선을 그녀에 고정하며 귀를 기울이고 있었다. 하지만 거리가 너무 멀어 무슨 이야기를 하는지 알 수는 없었다. 이상화는 가끔 웃기도 했고 고개를 끄덕이며 심각한 표정을 짓기도 했다. 수첩을 꺼내 무언가를 불러 주기도 하고 적기도 하면서 매우 분주하게 움직였다. 가끔 미소를 지을 때면 양쪽 입가에 묘한 주름이 잡히는데 그 모습이 상황에 따라서는 매우 섹시해 보인다고 생각했다.

남자는 이창수라고 자신을 소개했다. 부동산 임대업을 한다고 묻지도 않은 말을 하고 이제는 너도 정체를 밝히라는 눈빛을 나에게 보냈다. 얼굴과 모습에서 풍기는 여유로운 모습과 달리 눈빛은 어딘가 흔들리며 떨리고 있어 불안을 느낄 수가 있었다. 어디까지 나를 소개해야 하나를 잠깐 고민하는 사이에 통화를 끝낸 이상화가 돌아왔다. 그사이 이창수는 나의 신상에는 관심이 없어졌다는 듯 시선을 그녀에게 돌리고 어디에서 온 전화냐, 무슨 얘기를 했냐 따지듯이 물었다.

나는 그들과 조금 떨어져 앉은 채 이로 손끝을 뜯었다. 그만둬야지, 그만해야지 생각하면서도 멈출 수가 없었다. 10살 무렵 습관이 생긴 후로 나는 하루도 이 짓을 멈춘 적이 없었다. 상태가 그나마 좋을 때는 조금 뜯다 말았지만 불안하거나 초조하거나 하는 날은 피가 날 때까지 뜯어야 멈출 수가 있었다.

나는 커피를 다 마시고 리필을 청한 후 커피숍 벽면에 매달린 TV의 외국 축구경기를 의무적인 시선으로 쳐다보고 있었다. 숙영에게 전화를 걸었다. 발신음이 끝날 때까지 숙영은 전화를 받지 않았다. 영업 준비를 하고 있을 거라고 생각하니 그녀의 슬픔이 가슴에 훅 하고 밀려왔다.

출국장을 나와 게이트로 가는 도중 창수가 면세점에 들러서 양주 2병을 샀다. 상화가 어이없다는 투로 1병만

사지 왜 2병이나 사느냐고 눈을 흘기며 핀잔을 주었다.

"술을 좋아하시나 봐요."

어색한 분위기를 모면하려고 나는 궁금하지도 않는 질문을 했다.

"말도 마세요. 얼마나 술을 사랑하는지."

창수의 대답을 가로채 상화가 대답했다.

"밤마다 마시고는 아침에 숙취로 고생을 하면서 계속 마셔요."

"쓸데없는 소리 하네."

나쁜 습관이 탄로난 사람처럼 조금 과장된 목소리로 창수가 말했다. 남자가 그 정도의 습관은 어쩌면 당연한 것 아니냐는 듯한 표정으로 동의를 얻으려는 듯 나에게 눈길을 주었다.

어차피 여행이란 무엇을 만나고, 무엇을 보고, 불분명한 상황이 전개되리라는 예상은 되지만 이번 여행이 피곤한 여행이 될 수도 있겠다는 생각이 들었다.

성도로 가는 에어 차이나 항공기에는 정원의 절반도 안 되는 승객이 타고 있었고 상화와 창수는 내 앞자리에 앉았다. 상화는 창수의 어깨에 기대어 어느새 잠이 들어 있었다.

성도에 도착한 후 현지 가이드의 안내에 따라 호텔에서 묵고 아침 일찍 성도 공항에 가니 최은미라는 30대 중반의 여자가 우리를 기다리고 있었다.

최은미는 자신을 학원 수학선생이라고 했다. 검고 짙은 눈썹으로 조금은 강인하게 보이지만 커다란 눈과 부드러운 미소를 지녔고, 조금 도톰한 입술이 매력적인 여자였다. 학원을 휴직한 후 중국 관광을 겸해 티베트 여행에 동행하게 되었다고 자신을 소개했다.

라싸에 도착하여 숙소 배정에서부터 문제가 발생했다. 여행사의 계획에는 남자와 여자가 다른 방을 사용하기로 되어 있는데 창수와 상화가 같은 방을 쓰게 되면서 최은미와 내가 같은 방을 써야 하는 상황이 벌어지게 된 것이다. 중국인 현지 가이드가 예약된 방이 두 개라며 방 하나를 추가할 경우는 추가요금을 지불해야 한다고 해서 서울의 여행사와 통화를 하는 등 소동 끝에 일단 창수가 방 값을 지불하여 창수와 상화가 한 방을 사용하고 최은미와 나는 각방을 사용하기로 결정을 보았다.

넷이 최은미의 방에 모여 일주일간의 여행에 대해 이야기를 하고 10시가 조금 넘은 시간에 각자의 방으로 헤어졌다.

나는 피곤함을 느꼈지만 쉽게 잠에 들지 못했다. 고산에다가 맥주를 한 잔 마셨더니 머리가 아파 왔다. 준비해 온 진통제를 먹고 잠을 청했지만 두통이 가시지 않아 밖으로 나왔다. 호텔 로비를 지나 분수가 있는 뒤뜰 벤치에 상화와 창수가 나누는 말소리가 어둠 속에서 아련하게 들려왔다. 안개를 뚫고 하늘에서 들려오는 소리 같았다. 나는 발소리를 죽여 조용히 그들의 대화를 엿듣고 있었다. 둘의 대화는 내가 생각했던 것과는 달리 자연스러운 연인의 대화 같았다.

이것은 밤과, 어둠과, 희미하게 울려 퍼지는 자연의 풍경 같다고 나는 생각했다. 그들의 모습이 너무 아늑했고 고요해 보이기까지 했다. 나는 내가 깨어 있다는 것에 두려움이 생겨서 서둘러 방으로 들어와 잠을 청했다.

얼마를 잤을까, 새벽녘 누군가 문 두드리는 소리에 잠이 깨어 나가 보니 호텔 직원이 알아들을 수 없는 중국말로 뭐라고 하는데 몸짓과 손짓을 통해 최은미가 아프다고 말하는 것 같았다. 옷을 갈아입고 그녀의 방으로 가 보니 최은미는 욕실 변기에 머리를 처박고 구토를 하고 있었다. 영문을 몰라 어리둥절하고 있는데 창수와 상화가 달려왔다. 가이드가 달려왔고 가이드는 자신의 경험에 의해 고산병인 것 같다는 진단을 내렸다. 시간은 새벽 4시를 조금 지나 있었고 최은미의 상태는 심각해 보였다. 얼굴색이 노랗게 변해 있었고 심한 두통으로 머리를 감싸고 고통을 호소하고 있었다. 얼마나 몸부림을 쳤는지 잠옷의 단추가 풀려서 가슴이 다 나와 있었다. 최은미는 의식을 전혀 못 하고 있어서 상화가 재빨리 옷매무새를 고쳐 주고 이불을 덮어 주었다. 호텔에서 응급으로 산소통을 가져다 심호흡을 시켰지만 별다른 차도가 없었다. 잠시 고르게 숨을 쉬고 잠이 들었던 최은미는 고통이 다시 찾아오는지 울기 시작했다. 잠시 울음을 멈추었다가 다시 울었다. 마치 뒤따라오는 발자국 소리에 놀라 발걸음을 멈추고 뒤돌아보면 조용해지고, 다시 발걸음을 옮기면 다시 발자국 소리에 귀가 기울여지는 것처럼 그녀는 울다가 울음을 멈추기를 반복하고 또 반복하였다.

　상화가 물었다.

　"은미 씨, 어디가 어떻게 아파요?"

　은미는 고개를 가로저었다. 그리고 더 크게 울었다.

설움이 복받쳐 오는 듯이 더욱더 큰 소리로 때로는 우우우 하는 늑대의 울음소리처럼 울었다. 그렇게 어느 정도 울고 난 후에야 탈진 상태가 되어 숨소리마저 죽이고 새근대며 잠이 들었다. 그러다가 갑자기 숨소리가 북받쳐 오르다가 겨울 밤 문풍지가 바람에 떨리듯 풀풀거리기도 했다.

그 순간 나는 최은미가 삶과 죽음의 갈림길에서 방황하고 있다는 생각이 들었다. 그것이 침묵을 뚫고 나오는 순간 일그러진 얼굴에서 고통의 표정으로 신음이 묻어 나오는 것만 같았다. 사람들은 살아 있다는 사실을 잊고 살 때가 많다. 평상시에는 잘 모르다가 아프면 살아 있다는 것을 느끼는 경우가 많다. 그 순간 나는 스틱스의 〈Boat on the river〉 생각을 했다.

강이 있는 나의 보트로 돌려보내줘. 더 이상 울부짖지 않을 거야. 강은 모래밭의 물결처럼 나의 삶을 보듬고 모든 길은 고요한 집으로 이끌어 찡그린 얼굴이 사라지는 곳…….

최은미는 현지 병원으로 후송되었고 이틀 후 성도로

향하는 비행기로 돌아가기로 결정했다고 가이드가 말했다.

최은미의 일로 예정된 여행 일정이 엉망이 되어 버렸지만 서울의 여행사와 협의를 통해서 남아 있는 계획된 일정을 따르기로 하였다.

그렇게 라싸에서 이틀을 허비하고 3일째 되는 날 점심 무렵에야 도요타 랜드 크루즈는 5시간을 달려서 지구상에서 네 번째로 높은 호수, 해발 4,700미터에 있는 남초 호수에 도착했다.

석양은 설산의 끄트머리에 걸려 있었고 바람은 타르초라는 오색 깃발의 성구를 호숫가 언저리로 날리고 있었다. 롯지는 깨끗했고 햇빛이 맑아서 그런지 고산임에도 추운 느낌보다는 온화하고 평화롭다는 생각이 들었다. 토스트와 구운 베이컨 커피와 오렌지 주스를 먹고 일직 잠자리에 들었다.

남초 호수의 아침에는 붉은 태양이 설산의 만년설을 녹이려는 용광로처럼 붉게 타오른다. 바다보다 넓어 보이는 호수의 끝자락으로 눈이 녹아 떨어지는 착각 속에 호수의 수증기는 타오르던 태양의 붉은빛을 서서히 덮고 몽환적 세상 속으로 이끌어 갔다.

스틱스강

다시 안개가 걷히고 호수와 하늘의 코발트 빛이 드러나고 랜드 크루저는 설산을 향해 달렸다. 유명한 절벽 앞에 내려서 한참 동안 절벽을 내려다보기도 했다. 깎아지른 절벽 아래에는 호수가 아닌 바다가 펼쳐져 있고 절벽 중앙에 매달아 놓은 타르초 깃발은 영혼의 불길처럼 휘날리고 있었다. 호수가 멀어지고 만년설 덮인 설산을 옆에다 두기도 하고 때로는 뒤에다 두고 라싸로 향했다. 차창 밖으로 해가 지는 들판이 보였고 들판 위로 언덕 위로, 붉은 구름이 세상 위로 흘러가는 것 같았다. 아름답고 맑은 것을 보면 마음의 치료가 된다는 말이 떠올랐다.

라싸로 돌아온 우리는 게스트하우스의 방에 앉아 술을 마셨다. 창수가 인천공항 면세점에서 사온 위스키였다. 기분이 좋아진 창수는 한쪽 벽에 기대고 졸고 있고 성화와 나는 처음으로 티베트불교와 달라이 라마에 대해서 여행자다운 대화를 나누었다. 티베트불교의 정신적 지주 달라이 라마의 환생에 대해 이야기했고, 판첸 라마와 달라이 라마의 상호 지명에 대한 중국정부의 간섭에 대해 분노했고, 오체투지에 대해 이야기를 하기도 했다. 창수는 졸면서 간간히 웃으며 졸지 않은 척 잠을 쫓고 있었다. 이제는 내가 졸리기 시작했다. 방으로 돌아가서 자고 싶기도 했지만 나는 밖으로 나와 찬바람에 잠을 식히고 다시 그들이 있는 곳으로 들어갔다.

첫날부터 꼬이기 시작한 일정은 라싸를 거쳐 장체, 시가체, 뉴팅그리, 둔체를 거쳐 네팔의 국경을 넘는 날까지 하루도 빠짐없이 내리는 빗줄기로 롯지와 차량 이동이 티베트 여행의 전부인 양 덧없이 흘러갔다. 날씨 때문일까, 창수와 상화는 아침에 식당으로 내려올 때는 두 사람이 손을 꼭 잡고 내려올 정도로 친근함을 보이다가 아침식사가 끝날 때 즈음부터 별것도 아닌 일에 티격태격하며 묘한 분위기를 만들어 여행 기간 내내 외줄을 타고 있었다.

티베트의 국경 지룽거유와 네팔의 국경 로서와에서 출입국 수속을 마치고 택시로 비포장 도로를 4시간 정도 달려서 카트만두에 도착하였다. 이곳에서 창수, 상화와 헤어져 그들은 인천행 비행기를 타고 귀국하고, 나는 갠지스강 상류 파슈파티나트로 향했다.

파슈파티나트에 들어서자 바람을 타고 검은 재가 점점 땅 위로 내려앉았다. 검은 재는 불규칙하게 흩날리

스틱스강

다가 나의 머리와 어깨에 내려앉았다. 파슈파티나트 사원 뒤쪽으로 천으로 싸맨 시신들이 드문드문 수레 위에 놓여 있었다. 사람들은 말이 없다. 울음소리도 들리지 않는다. 그냥 슬픈 눈으로 타들어 가는 장작더미만 바라볼 뿐이다. 비가 내리기 시작했다. 시신을 싸맨 천이 젖어 들고 있었다. 나는 수레에 놓여 있던 시신의 윤곽이 스르르 드러나는 것을 물끄러미 바라보았다. 가슴과 허리의 굴곡, 가는 다리 선이 시신을 덮고 있는 붉은색 천 위로 조금씩 도드라지고 있었다.

희뿌연 물안개가 갠지스강 위를 흘러 다니고 있었다. 유족은 시신의 발을 갠지스강에 담근 후 장작에 불을 붙였다. 강 아래 건너편에는 집도 사람도 없는 황량한 모래땅이다.

나는 건너편 계단에 앉아 점점 굵게 떨어지는 빗방울을 세고 있었다. 나는 무언가 생각을 하려고 하였지만 아무것도 생각나지 않았다. 그냥 물 위를 떠가는 재들을 바라보며 떨어지는 물방울을 세고 있을 뿐이었다. 강 하구에는 차가운 날씨에도 몇몇 어린아이들이 강에 몸을 담근 채 물속에서 무언가를 열심히 찾고 있었다. 죽은 자가 남긴 동전을 줍기 위해 강바닥을 헤집

고 있는 것이었다. 어쩌면 강바닥의 동전을 줍고 있는
저 어린아이들이 스틱스강의 뱃사공 카론일 수도 있겠
다는 생각이 들었다.

*

한국으로 돌아왔다. 그리고 일상으로 돌아왔다. 우
리는 흔히 어느 곳을 여행하고 돌아왔다고 말하지만
그 어떤 곳을 속속들이 다 다녀 본 것은 아니다. 여행지
의 100분의 1, 아니 1,000분의 1도 알지 못한다. 그런데
도 누군가가 물으면 그곳의 모두를 만나고 다녀 본 것
처럼 말한다. 여행이란 단지 과거에 대한 후회와 미래
에 대한 불안, 현재를 위협하는 불안에서 벗어나기 위
해 하는 것이다.

세월은 빠르게 흘러간다. 처음엔 유배당한 기분으
로 어색하기만 하던 골프장에서의 생활도 이제는 제법
익숙해져서 여유로움을 즐길 수 있을 정도로 빠르게
적응해 갔다. 인간의 만남은 물과 같아서 흐르다 보면
합쳐지기도 하고, 갈라지기도 한다. 세상의 모든 사람
들이 자신의 자리에서 살아 내는 삶의 모습이 다르듯

이 우리 모두는 자신을 중심으로 한 작은 공간 안에서 의미를 만들며 또 다른 사랑을 만들며 살아간다.

가끔 숙영과 연락을 주고받기는 하였지만 몸에서 멀어진 관계는 마음까지 멀어져 갔다. 사랑할 때는 모든 것을 다할 수 있을 것만 같다. 하지만 대부분의 사람들에게는 시간이 조금만 지나도 많은 장애물이 생기기 시작한다. 처음에는 그 장애물이 별것 아니어서 어떤 영향도 끼치지 않을 것처럼 느껴지지만 시간이 지날수록 장애물은 점점 커져서 사랑을 덮어 버린다.

인간의 나약한 마음은 우습게도 자신이 원하지 않는 쪽으로 한없이 흘러간다. 그리고 그러한 현상을 자신도 모르게 인정하고 익숙하게 살아간다. 그리고 변명한다. 현실이라는 것이 내가 만드는 것이 아니라고, 세상에는 숨겨진 이면이 있고 지금 행하는 행동이 지금은 틀린 것이지만 과거에는 옳았던 것으로 남을 수 있고 미래에도 옳은 것으로 남을 수 있다고 정당화한다.

그 무렵 나는 캐디 업무를 보던 용역회사 직원과 가까워졌고 서른넷이라는 적지 않은 나이에 지금의 아내와 결혼을 했다. 이곳의 생활에 만족하면서 지나간 과거의 일들은 하나씩 지워 가고 있었다. 그래서 기억이란 믿을 수 있는 게 아니었다.

맑은 날이든, 회색빛 어두운 날이든 무서운 생각이 언뜻언뜻 나타날 때가 있었다. 그 기억 속에서 이미 오래전 잊힌 시간의 흔적과 같은 것들이 어렴풋이 형상을 보여 주다가 홀연히 사라져 가고는 했다.

가끔 숙영의 생각에 가슴이 아파 올 때가 있었다. 전화도 하고 메시지를 남겨도 답장이 오지 않았다. 그만큼 감정의 골이 깊어져 있기 때문일 것이라고 생각했다. 누군가가 나를 쳐다보고 있는 것 같다는 느낌이 들었다. 그럴 때마다 나는 긴장했고 불안해졌다. 어쩌면 그녀에 대한 사랑이었고 약속을 지키지 못했다는 죄책감이 나를 힘들게 했다. 나는 그녀의 마음을 헤아리기에는 너무 나약하고 비겁한 인간이었다. 나는 그녀의 슬픔과 한숨을 외면해 버린 것이다.

그런 아픔과 고통의 시간 속에서도 매일매일의 하루를 되찾는 생활이 이어졌고, 조금씩 즐거운 것과 좋은 것, 그리고 행복한 것의 차이를 깨닫게 되었다. 오히려 극에 치닫는 즐거움이나 좋은 것은 큰 슬픔을 가져올 수도 있다는 생각도 들었다. 하루하루가 지극히 평범하게 흘러가고 있었다. 인간이 잠시 살아가는 세계는 원래 저 하늘의 구름같이 덧없는 것일까? 그렇게 살아가던 어느 가을날, 한 줄기 흙바람이 일고 코스모스가 물결치며 휘청거렸다. 그 부드러운 꽃 물결 사이에 엉킨 물체가 나타났다가 다시 사라졌다.

숙영의 죽음 소식이 알려진 것은 그 무렵이었다. 이모에게서 연락이 왔다. 내가 떠난 후 슬픔과 외로움 속에서 술과 약으로 몸을 학대하고 술에 취해서 손님과 다투는 날이 많아졌다고 했다.

숙영이 사고가 난 날은, 며칠 전부터 내리던 비가 그날도 하루 종일 내리고 있었다. 그날따라 숙영의 모습에서 무언가 슬픔의 그림자가 비춰졌다고 한다. 오전부터 술을 마시던 숙영이 오후에 잠시 눈을 붙이고 일어나 목욕을 다녀오겠다고 나갔다고 했다. 세상에는 일반적으로 이해할 수 없는 일들이 아무런 통보도 없이 일어난다. 어둠이 내리기 시작한 도로는 여전히 비가 내리고 있었다. 집 근처로 돌아온 숙영이 사거리 교차로 횡단보도를 건너고 있었고, 느닷없이 자동차 한대가 달려들었다. 숙영은 공중으로 한참을 솟아올랐다가 교차로 옆 인도로 떨어졌다. 30대 사고 운전자에게서 풍기는 술 냄새를 맡으며 의식을 잃었고, 그렇게 그녀는 죽었다. 그녀의 몸은 화장 후 연안부두에 뿌려졌다고 했다. 이모는 다가갈 수 없는 사랑의 경계를 넘어선 그녀의 종착점을 이미 알고 있었던 사람처럼 편안하게 그러나 슬픔이 묻어 있는 목소리로 나에게 전해주었다.

슬픔도 기쁨도 한곳에 머무르지 않는다. 슬픔은 슬픔대로 상처와 고통을 만들었지만 과거가 되고, 기쁨도 과거가 된다. 공중을 날기 위해서는 바람을 타고 바람과 맞설 줄 알아야 하는 것처럼 아픔도 날개를 달고 기억과 맞설 줄 알아야 된다. 구름을 본다. 잠깐 사이에도 쉼없이 변화하여 새로운 모양을 만들어 낸다. 구름을 보며 지난 인연들을 잊고 싶었다. 잊는다는 것은 따지지 않는다는 말이다.

*

시연에게서 연락이 왔다. 양평터미널 부근의 카페에서 그녀를 만났다. 멀리서 보아도 한눈에 그녀라는 것을 알아볼 수 있을 만큼 그녀는 변하지 않았다.

시연은 창가 쪽 구석진 자리에 앉아 책을 읽고 있었

다. 내가 가까이 다가갈 때까지도 그녀는 책에서 눈을 떼지 않고 열중했다.

"정말 오랜만이야. 잘 지냈어?"

언제나처럼 검정색 자켓 속에 하얀 블라우스를 입은 그녀의 가늘고 긴 목이 눈에 들어왔다.

"응, 잘 지내지. 형도 잘 지내지?"

시연이 손을 내밀어 악수를 청하면서 내게 말했다. 그런데 예전의 명랑하고 맑던 그녀의 목소리가 건조하게 갈라져 있다는 생각이 들었다. 그녀의 손을 잡았다. 따스한 온기가 손끝으로 느껴졌다.

"이곳까지 찾아 줄 거라 생각 못 했어."

시연의 앞자리에 앉으면서 일부러 밝은 표정으로 말했다. 시연이 작은 창을 통해 불어오는 가을바람에 날리는 머리카락을 손으로 매만지면서 나를 쳐다보았다. 무슨 말을 하려고 하다가 머뭇거리고는 잠시 숨을 고른 후 말했다.

"그렇지. 내가 원래 그런 사람이잖아요. 특히 형한테는……."

나를 바라보는 그녀의 눈이 붉어졌다.

"결혼했다며?"

"응."

"와이프 예뻐?"

나는 대답 대신 웃기만 했다.

"아기는 있어?

"아니, 아직 없어."

잠시 침묵이 흘렀다.

"형…… 그 말 기억해? 내가 언젠가 형에게 물었지. 형 눈엔 형이 어떻게 보이냐고."

"그럼 기억하지. 그런데 솔직히 아직도 나는 내 모습을 못 보고 살고 있어. 바보처럼."

다시 침묵이 흘렀다.

"형."

"응, 말해."

"형 눈에 지금 내가 어떻게 보여요?"

시연이 부드러운 시선으로 나를 쳐다보며 물었고, 나는 그 시선을 받을 자신이 없어서 커피잔을 두 손으로 움켜잡고 어색하게 그녀의 시선을 피했다.

착하지도 정직하지도 않지만 거짓 없이 그냥 자유롭게 살고 싶다던 그녀의 마지막 말이 생각났다.

시연이 결혼을 했다는 소식을 들었다. 그리고 얼마

지나지 않아 이혼을 했다는 소식도 들려왔다. 무엇이 그녀를 그렇게 만들었는지 나는 알 수가 없다. 겉으로 보기에 아무에게나 좋은 감정을 지니고 누구에게나 사랑받고 있는 여자라고 생각했지만 세상은 꼭 그렇게 만들어지는 것이 아닐 수 있겠다는 생각이 들기도 했다.

나는 그때까지도 그녀를 똑바로 바라보지 못하고 무슨 말을 할까를 고민하고 있었다.

"사람은 누구나 실수를 해."

망설임 끝에 분위기에 전혀 어울리지 않은 말이 나왔다.

"아니, 모두가 다 그런 건 아니야."

그녀는 옛 습관 그대로 오른손 엄지로 왼손 엄지 손톱을 누르며 내 말의 뜻을 이해한다는 듯 웃으면서 말했다.

한 사람의 인간으로서 삶의 방향을 자기 마음대로 움직일 수 있는 사람이 세상에 얼마나 될까?

나는 아무 말도 할 수 없었다. 내가 아무것도 할 수 없다는 것은 오히려 그녀를 편안하게 해 주는 일이라고 생각되었다. 그녀가 어떤 고통을 지니고 있는지 알 수는 없지만 그 고통의 무게를 나눌 수 있었으면 좋겠다는 생각이 들었다. 마음이 아팠다. 삶이 자기가 원치 않았던 방향으로 흘러가 버리고 말았을 때, 남는 것은 자신에 대한 미움뿐이라는 것을 나 자신이 경험으로 너무나 잘 알고 있었기 때문이다.

지금은 아무것도 하는 일이 없지만 앞으로 세상을 더 깊게 바라보고 고향으로 돌아가 글 쓰는 일을 하고 싶다고 그녀는 애써 편안하게 나에게 들려주었다.

하지만 무언가 내 가슴속을 지나가는 바람 소리 같은 것이 들렸다. 그 소리는 또 다른 아픔으로 다가왔다. 속절없는 한숨이 나왔고 가을바람에 떨어지는 마지막 잎사귀인지도 몰랐다. 이미 오래전에 그녀와의 관계가 과거의 것이 되어 있었다는 것을 그때서야 알았다. 그건 그녀도 마찬가지였을지도 모른다. 그날 식사를 하면서 서로 눈이 마주쳤을 때, 우리는 동시에 어색한 미소를 지었다. 진정한 사랑의 슬픔이란 내가 사라져야 완성되는 것이고, 내가 사랑하는 사람이 사라지는 것을 바라보고 있다는 사실이 슬프지 않을 수 없다. 다시 그녀가 떠나고 나는 사택으로 돌아와 아내와 함께 잠을 자고 새벽에 출근해 하루의 스케줄을 짜고 바쁘고 성실하게 살아 나갔다.

어느 순간 인생이란 내가 생각하는 방향과 전혀 반대의 방향으로 흘러간다. 그 흐름을 인정하고 순응하며 따르는 것은 나이를 먹어 간다는 증거인가 보다.

*

시연의 죽음 소식을 입사 동기생 모임에서 들었다.

인간의 윤회하는 세계는 저 하늘의 구름같이 덧없는 것일까? 한 줄기 흙바람이 일고 코스모스가 물결치며 휘청거렸다. 그 부드러운 꽃 물결 사이에 엉킨 물체가 나타났다가 다시 사라졌다.

시연이 나를 만나러 왔을 때도 시연은 자신이 예감하고 예정된 죽음에 대해서 아무 말도 하지 않았다. 그녀는 이 삶이 오래 머물 수 없다는 것을 알고 있었다. 떠나야 한다는 것을 인정해야 한다고 생각했다. 의사가 말한 기한을 넘기든 못 넘기든 간에 그녀의 죽음은 기정 사실이었고 인정하기로 마음먹었다.

왜 아직 젊은 나이에 자신이 병에 걸려 죽어야 하는지 이해할 수도 없고 이해하려 들려고 하지도 않았지만 세상은 그녀의 편이 아니었다. 죽음이 두서없고 순서 없이 일어난다는 것을 인정하는 것 외에는 그녀가 할 수 있는 일은 아무것도 없었다. 그냥 받아들이자고 생각했다. 아니, 받아들일 수밖에 없다는 것을 억울하지만 인정하기로 했다. 살아 보고 싶고 생명을 연장하고 싶다는 생각도 들었지만 이미 출발선을 넘어선 지 오래고 트랙의 결승선 앞에 도달해 있음을 시연은 알고 있었다.

시연은 CT검사 결과를 받아 들었을 때, 고민 없이 항암제를 맞지 않기로 결심했다. 이미 결승선이 보이는 지점에서 조금 천천히 통과하겠다고 정신이 무감각해지고 육체가 검게 타들어 가면서까지 생명을 구걸하거나 연장하고 싶지 않았다. 통증이 심해져 자신을 제어하기 힘들어지기 전에 자연스럽게 스스로 삶의 종지부를 찍기로 마음먹었다. 공포의 밤이 자신을 지배하고 슬픔과 억울함이 정신을 지배해도 흔들릴 수 없었다. 세상에 태어나서 사랑도 해 보았고, 결혼도 해 보았다. 자식도 없고 남편도 없으니 남김없이 떠날 수 있다는 것이 오히려 다행이라는 생각이 들었다. 아쉬움이 있다면 자식을 먼저 보내는 연로하신 부모님을 두고 떠나는 것이었다. 하지만 그것도 받아들여야 한다고 생각했다.

*

　시연의 유언대로 화장을 했고, 한 줌의 재는 고향 강
물에 뿌려졌다. 결국 강으로 흘러갔고 저 강을 건넜다.

　　강 위에 나룻배로 날 되돌아가게 해 주오.
　　난 가야만 해, 강을 따라 가야 해.
　　강 위에 나룻배로 날 다시 데려가 주오.
　　그러면 더는 울지 않으리니.

　　강물을 들여다보니 시간은 그대로 멈춰 있고
　　강 위의 나룻배를 스쳐가는 물결이
　　가만히 어루만지며 편안하게 해 주니
　　난 더 이상 울지 않으리.

　그리스 신화에서는 사람이 죽으면 슬픔의 강, 탄식
의 강, 불의 강, 망각의 강, 마지막으로 스틱스강, 즉 죽
음의 강을 건너야 비로소 저승에 도달할 수 있다고 한

다. 스틱스강에는 카론이라는 뱃사공이 있어 그에게 뱃삯을 지불해야만 강을 건널 수 있다고 한다. 확신할 수는 없겠지만 나는 스틱스강의 마지막 지점에서 자신이 살아온 삶의 과정을 심판받은 것에 따라 뱃삯을 내고 죽음에 이를 수 있겠다는 생각이 들었다.

시연은 그곳에 잘 도착하여 잘 지내고 있으리라고 믿는다. 왜냐하면 그녀는 상냥했고, 누구에게나 친절했고, 모두를 사랑하는 성품을 지녔기 때문이다.

*

죽음은 생각보다 조용히 찾아오고 일상적으로 일어난다. 더욱 놀라운 것은 죽음이 굉장히 빨리 받아들여지고 빨리 잊힌다는 사실이다. 저 사람이 없으면 이 세상을 어떻게 살아가야 하는가를 울부짖던 사람들에게 망각의 시간은 그리 많이 필요하지가 않았다.

사람들은 금세 자기 자리를 찾고 자신의 자리에서 먹고 마시며 사랑하고 미워하며 자연스럽게 살아간다. 죽음은 살아 있는 사람들의 삶을 오히려 자유롭게 만드는 과정이라는 생각이 들었다. 숙영이 죽었을 때도 그랬고 시연의 죽음 뒤에서도 그랬다.

유배지라고 생각했던 골프장 생활에 나는 철저히 적응했다. 대리가 되었고 그리고 과장이 되었다. 하지만 나의 모습은 보이지 않았다. 가끔 맑은 가을 하늘을 보다가 숙영과 시연의 모습이 잠깐 나타나서 나에게 어떤 속절없는 아픔을 남겨 두고 달아나 버리곤 했다. 그것이 무엇인지는 정확히 알 수 없었으나 강렬하고 애절한 아픔으로 다가오는 것은 분명했다. 너를 사랑하겠다는 것, 아니면 사랑한다는 것, 그 말보다는 너를 사랑했다고, 사랑하고 있다고 말하는 것이 내가 사랑하는 당신을 진정으로 사랑하고 있다는 것을 인정하는 일이라고 나는 용서를 빌고 있었다.

꿈꾸는 세상

여자인 선우와 남자인 나는 처음부터 비교 혹은 관계의 대상이 될 수가 없었다. 대부분의 친구들은 내 앞에서는 대놓고 말을 하지는 않지만 '어떻게 너 같은 사람이 선우의 친구가 될 수 있어?' 하며 의아하게 생각을 하는 것 같았다. 한편으로 두 사람 간에 무슨 특별한 계략이 있거나 아니면 모종의 말 못 할 이유가 있을 것이라고 생각을 하고 있는 것 같기도 했다. 그것은 어쩌면 나에 대한 부러움을 넘어 알 수 없는 질투심이기도 했다.

　선우와 나는 같은 중학교를 나왔고 같은 고등학교를 배정받아서 같은 반은 아니라도 같은 학교에 다니고 있다는 사실 하나만으로도 중학교 동창생들은 물론이고 고등학교 재학생 아이들에게도 부러움의 대상이 되었다. 왜냐하면 선우는 중학교 3년간 반장을 독차지하였을 뿐만이 아니라 3학년 때는 전교 회장을 지냈으며 뛰어난 외모를 지녔고 3년 내내 전교 1등을 놓쳐 본 적이 없는 그야말로 어느 누구도 넘볼 수 없는 최고의 학생이었다. 선우의 아버지는 대학병원 외과 의사로 전정권에서는 대통령 주치의를 지냈고, 라디오와 TV에서 고정 프로그램을 하고 있을 정도로 사회적인 명성이 있는 분이다. 어머니는 이름만 대면 웬만한 사람은 다 알 수 있는 유명 여자대학 음대 학장이다.

그에 반하여 나는 지극히 평범한 외모를 지니고 있고, 학교 성적도 중간에서 약간 상위에 속해 있을 뿐, 가정 형편도 가난하지는 않지만 매우 평범한 그런 가정이었다. 아버지께서는 개인택시를 운전하고 계셨고 어머니는 동네 식당에서 찬모로 일을 하며 동생과 함께 네 식구가 일반적인 가정의 모습으로 살고 있었다.

선우와 나는 외형적으로 보이는 모습으로도 그렇고, 집안 형편이나 학교 성적은 물론이고 부모님의 사회적 신분을 비교해 봐도 무엇 하나 상대가 될 수 없었다. 모든 부분에서 부족함이 없는 선우가 모든 아이들에게 선망의 대상이 되는 것은 지극히 당연한 것이었다. 그런 그녀의 유일한 친구가 나라는 것에 대부분 아이들이 질투하고 이해할 수 없는 일이라고 생각하는 것은 너무나 당연한 것이고, 나 역시도 그렇게 생각했다. 어쩌다 친구들 중 누군가가 나에게 그 이유를 물어 오면 나도 명확하게 설명할 수 없어서 "나도 몰라. 선우에게 물어봐"라는 하나 마나 한 대답을 하고는 했다. 친구들 모두는 고등학교에 진학해서도 선우는 학년 1등을 독차지하여 최고 자리를 한 번도 놓치지 않을 거라고 믿고 있었다. 그들의 믿음을 선우는 정확하게 지켜 가고 있었고, 고등학교를 졸업할 때까지 이어 가고 있었다.

고등학교 입학식 날, 교장 선생님은 훈시 중 선우를 단상에 불러 세워 전교생에게 소개하며 학교의 보물처럼 특별관리를 하겠다는 공식적인 선언을 했다. 그 선언으로 학교 전체가 선우를 특별관리 대상으로 보호하였으며 그 누구도 교장의 방침에 이의를 제기하는 사람이 없었다.

학교에서 선우를 모르는 사람은 아무도 없었다. 주변의 다른 학교들까지 선우의 위치는 관심의 대상이었다. 독보적인 그녀의 존재감에 학교 일진들마저도 그냥 바라만 볼 뿐 상대하려고 들지 않았다. 그렇게 특별한 선우가 어느 날 나에게 접근을 해 왔고 예상치 못한 그녀의 접근에 나는 당황했다. 하지만 소리 없는 그녀의 매력에 나 자신도 모르게 그녀에게 빨려들어 가는 것이 느껴졌다.

1학년 여름방학이 지나 새 학기가 시작되고 얼마 지나지 않은 어느 날, 학교 복도에서 작은 소동이 벌어졌다. 학교 유도부의 주장이기도 한 3학년 민기 형이 우리 반 반장인 성호를 무슨 이유인지는 모르지만 괴롭히고 있었다. 얼굴이 사각형이고 운동으로 단련된 근육질 몸집에 어깨가 넓고 웬만한 여자아이 허벅지 두께만 한 팔뚝을 가진 민기 형은 그 모습만으로 주눅이 들기에 충분했다. 민기 형이 욕을 섞어서 소리를 지르며 성호의 손목을 뒤로 꺾은 채 복도 끝을 향해 끌고 가고 있었다. 이미 몇 대 맞았는지 코피를 흘리고 있는 성호는 겁에 질려 몸을 부들부들 떨며 체념한 채 끌려가고 있었다.

아이들은 그런 광경을 창문 뒤에 숨어서 지켜보고 있을 뿐, 누구 하나 나서서 제지할 생각을 못 하고 있었다. 그때 나는 화장실에 다녀오던 중이었고 복도 끝에서 그 광경을 목격하고 상황 파악도 하지 않은 채 무조건 달려들어 민기 형의 소매를 붙잡고 제지를 하였다.

그 순간 내 팔을 잡은 민기 형의 들어메치기 기술에 나는 허공을 한 바퀴 돈 후 마룻바닥에 그대로 나가 떨어지고 말았다.

정신을 차린 것은 학교 양호실 침대 위에서였다. 그날 그 사건 이후 나는 동급생들에게는 '정의롭고 깡다구 있는 놈'으로 통했다. 2~3학년들 사이에서는 '지독한 놈' 또는 '조심해야 되는 놈'으로 알려졌다. 그날부터 민기 형이 졸업할 때까지 계속해서 폭력과 괴롭힘에 시달려야 했지만 나는 굴하지 않고 악착같이 싸웠다. 그날의 일은 선우에게 나의 존재를 알리는 계기가 되었다.

시간이 지나면서 선우는 나에게 조심스레 다가와 특별하게 대해 주기 시작했다. 선우는 내가 다른 아이들과 어울려서 떠들고 있거나 장난을 치고 있으면 슬쩍 내 주위로 와서 조용히 지켜보다가 계속 거기에 있었던 사람처럼 자연스럽게 함께 웃어 주었다. 가끔 등하굣길에 조금 떨어져 있어도 일부러 내게 다가와 말을 걸었다. 특별히 할 말이 없어도 가볍게 날씨와 문학에 관한 얘기를 나누기도 했고 버스 정류장까지 함께 걸어가기도 했다. 그녀는 자연스럽게 행동했지만 나는 약간의 두려운 마음과 조심스러운 마음이 들었다. 소심하고 적극적이지 못한 나는 그녀의 그런 친절과 관심이 나에게 과분한 것 같다는 생각이 들어 한동안 한 걸음 물러나서 어색하게 받아들이기도 했다.

2학년에 올라가서 선우와 한 반이 되었다. 나는 친구들과 무리 없이 편하게 어울렸지만 활동적이고 적극적인 성격이 아니어서 혼자 있는 시간이 많았다. 가끔 친구들이 축구를 한다거나 농구를 할 때 종종 함께하기도 하지만 그보다는 벤치에 앉아서 책을 읽거나 우두커니 앉아 있는 것을 좋아했다. 그러면 선우가 나에게 다가와서 읽고 있는 책에 대해서 이야기를 하기도 하고 때에 따라서는 자신의 의견을 말하기도 하면서 친한 친구처럼 웃기도 하고 자연스럽게 가까운 관계로 나를 이끌어 갔다. 가끔은 그녀의 요청으로 분식집이나 제과점에 들러서 무언가를 함께 먹고 가기도 했고, 그녀가 읽고 있다는 책을 빌려주기도 했다.

선우는 학교에서 나 이외의 다른 사람과는 사적인 얘기를 잘 나누지 않았다. 선우는 자신의 주위에 일어나는 일들, 예를 들면 집안에서의 자신의 위치나 부모님과의 갈등과 대학생인 오빠와의 생각의 차이 등에 대해 가감 없이 이야기를 들려주고는 했다. 선우는 치열한 경쟁에서 남보다 무조건 가장 높은 곳에 있어야 한다는 부모님의 어긋난 강요에 힘들어했고, 그런 부모님의 기대와 자신의 생각 사이에서 갈등하고 있었다. 그렇다고 해서 나에게서 무슨 해답 같은 것을 원하는 것이 아니라는 사실을 나는 알고 있었다. 때로는 자신의 생각에 대해 긴 시간 이야기를 하고 검고 커다란 눈망울에 눈물을 비치기도 했는데 언젠가 선우가 나에게 이렇게 말했다.

"주호야, 너를 보면 나는 이상하게 편안해진다. 나에게 없는 것을 너는 가지고 있어."

그녀의 얘기를 들으면 겉으로 보기에는 무엇 하나 부족함 없이 완벽해 보이는 그녀였지만 마음속에 감춰진 무언가 다른 아픈 이유가 있을 것이라는 생각이 들었다. 그럴 때 내가 할 수 있는 일은 그녀의 이야기를 들어 주며 가만히 있는 것이 전부다. 왜냐하면 나는 아무것도 내세울 것도 없었고 그것이 최선의 방법이라는 생각이 들었기 때문이다.

하늘을 뒤덮은 잿빛 구름은 금방이라도 엄청난 양의 비를 뿌릴 준비를 끝내고 동쪽에서 서쪽으로 바람을 타고 밀려오고 있었다. 그날 나는 교실 청소를 마치고 우산도 없이 서둘러 학교 밖 돌담 길을 달려가고 있었다. 버스 정류장 가까이 도착했을 때 조금씩 내리는 빗방울에 우산을 쓰고 무언가를 두리번거리는 선우를 발견했다. 선우도 나를 발견하고는 그녀 특유의 옅은 웃음으로 나를 반겨 주었다.

"나 너무 배고프다."

선우의 말에 나도 배가 고프다고 말했다.

"우리 짜장면 먹고 갈래?"

"응, 난 짬뽕 먹을래."

우리는 버스 정류장 뒤쪽에 보이는 골목으로 들어가 조금 가파른 계단을 올라갔다. 계단의 층마다 '중화요리 북경원'이라는 스티커를 붙여 놓은 중국집에 들어갔다. 애매한 시간이라 그런지 홀 안에는 손님이 아무도 없고 주인 부부가 TV를 보며 무료한 시간을 때우고 있었다. 사냥에 성공한 암사자 두 마리가 임팔라로 보이는 먹이의 살점을 뜯고 있었다. 주변에는 여러 마리의 하이에나가 암사자의 주변을 빙빙 돌다 암사자의 꼬리를 물기도 하고 신경을 건들며 먹이를 약탈하려고 기회를 엿보고 있고, 조금 떨어진 곳에는 독수리의 무리가 사체 청소를 대비한 자기들끼리 서열다툼을 벌이고 있었다.

우리는 창가 쪽에 앉았다. 중국집에 들어오기 전에 선우는 짜장면을, 나는 짬뽕을 먹기로 정하였지만 막상 메뉴판을 앞에 놓고는 짜장면과 짬뽕 사이에서 갈등을 하다가 애초의 결심을 잊고 반대로 선우는 짬뽕을, 나는 자장면을 시켰고 군만두도 추가해서 시켰다. 주인 아저씨가 주방 안에 들어가 불을 지피고 밀가루 면을 뽑는 둔탁한 소리가 들렸다. 짜장면 볶는 냄새가 배고픈 두 사람의 식욕을 자극해서 나도 모르게 고개가 자꾸만 주방 쪽으로 돌아갔다. 주인아주머니가 단무지와 양파를 춘장과 함께 테이블에 놓아 주었다. 나는 아무 생각 없이 단무지와 양파 위에 식초를 뿌렸다.

"주호야, 사람들은 양파와 단무지에는 왜 꼭 식초를 칠까? 그것도 상대의 의사를 묻지 않고서."

"아, 미안해. 나는 당연히 칠 줄 알았어……. 미안해."

나는 당황해서 어쩔 줄 몰라 말했다.

"아니야. 나도 식초 치는 것 좋아해. 그냥 해 본 말이야."

선우가 장난스러운 표정을 지으며 단무지를 손으로 집어 입에다 넣고 와삭와삭 씹으며 말했다.

"미안해. 싫으면 다시 달라고 할게."

"아니야. 그냥 해 본 소리라니까."

선우가 손사래를 치며 말했고 그때 주인아주머니가 군만두를 가져다주었다. 내가 간장을 작은 접시에 붓고 선우가 식초병을 들고 나를 쳐다보았다. 간장에 식초를 쳐도 되겠냐고 눈으로 물었다. 나는 웃으며 고개를 끄덕였다. 선우가 젓가락 종이 포장을 벗기고 갈라진 부분을 두 개로 떼어 내고 칼을 갈듯 비빈 다음 나에게 주었다. 나도 똑같이 해서 선우에게 주었다. 선우가 만두를 집어서 접시에 올려놓고 내 앞에 놓아 주었다. 나도 얼른 접시에 만두를 담아서 선우 앞에 놓아 주었다. 선우가 숟가락으로 간장을 조금 떠서 만두에 묻힌 후 숟가락을 이용해 만두를 3등분으로 잘랐다. 나는 젓가락으로 잡은 후 간장에 찍고 크게 한 입을 베어 물었다. 우리는 만두에 간장을 묻히는 방법부터 달랐다. 선우는 만두를 먹지 않고 나를 물끄러미 쳐다보았다. 나는 선우의 시선이 느껴졌지만 고개를 숙이고 만두를 먹었다. 어색한 침묵이 흘렀다. 나는 무슨 말을 해야 할지를 몰라 시선을 비 내리는 버스 정류장에 오고 가는 사람들로 옮겼다. 그렇게 어색해져 가는 분위기를 깨고 선우가 나에게 물었다.

"주호야."

나는 마지막 남은 만두를 집어서 한 입 크게 베어 물고 양파를 춘장에 찍어 먹으려다 말고 고개를 들어 선우를 쳐다보았다.

"어떤 세상이 아름다운 세상일까? 그리고…… 행복이란 무엇일까?"

내 눈에 시선을 고정한 선우가 약간 어눌한 표정을 지으며 그러나 강한 눈빛으로 나지막이 나에게 물어왔다. 나는 조금 당황했다. 전혀 예상치 못한 질문을 한꺼번에 두 개를 받고 보니 아무 생각이 나지 않았다. 시선을 어디에 두어야 할지를 몰라 혼미해진 내 동공은 초점을 잃고 흔들리고 있었다.

"음, 글쎄……. 난 그런 거 아직 생각 못 해 봤는데……."

내가 말꼬리를 흘리며 자신 없이 말했다.

"주호야, 나는 따뜻한 세상 하나를 만들고 싶어. 아무리 추운 거리를 돌아다니다가 와도 내 마음과 또 다른 마음을 맞물려 넣으면 아름다운 모닥불로 타오를 수 있는 세상 같은 것……."

"……."

나는 아무 말도 할 수가 없었다.

"경쟁이 원칙이 되고 1등만이 살아남는 세상, 그 숨막히는 현실 속에서 나를 지켜 갈 수 있는 방법을 찾고 싶어. 돈과 권력 앞에서 무릎을 꿇어야 하는 자본주의의 천박한 속성에서 벗어나고 싶어."

선우의 눈가에 눈물이 고여 있었다. 나는 당황하였고 무슨 말을 해야 된다고 생각하였지만 아무런 말도 하지 못했다. 그때는 선우가 왜 그런 말을 했는지 몰랐다. 나중에야 알게 되었지만 그녀가 원하는 세상은 누구나 어렵지 않게 꿈꿀 수 있는 세상이었다.

"세상에는 가질 수 있는 것과 버려야 할 것이 있다고 생각해. 하지만 내가 지금 가진 것이 버려야 할 것일 수도 있고, 버려야 된다고 생각하는 것이 내가 가져야 할 소중한 것일 수도 있어. 이미 오래전에 잃어버렸을 수도 있고……."

나는 고개를 숙이고 잠시 생각에 잠겼다. 그러나 아무것도 떠오르지 않았다.

마침 어색한 분위기를 바꿔 줄 음식이 나왔다. 우리는 아무 말도 하지 않고 각자 주문한 음식에 열중했다. 나는 짜장면을 남기지 않고 다 먹었고 선우는 절반도 먹지 않고 젓가락을 놓았다. 솔직히 선우가 남긴 것을 먹고 싶었으나 선우가 싫어할 것 같아 포기하고 나도 젓가락을 내려놓았다. 선우가 조금 전의 표정과 달리 그녀 특유의 엷은 미소를 지으며 가방에서 초콜릿을 꺼내어 한 개는 나에게 주고 한 개는 자신이 까먹었다.

선우는 잠시 뒤에 자신의 진로에 따른 새로운 생각에 대하여 이야기를 했다. 나는 그녀의 말을 들으며 처음엔 나의 현실과는 너무나 다른 입장에 커다란 벽이 느껴지기도 했지만 그녀의 논리적이고 합리적 생각에 공감을 하게 되었고 조금씩 빨려 들어가는 느낌을 받았다.

주인아주머니가 걸려오는 주문 전화를 받아서 큰 소리로 전달하면 주방 안에서 음식에 불 맛을 내려는 주인아저씨의 능숙한 웍질 소리와 음식 냄새가 홀 밖으로 흘러나왔다. 그림 없이 커다란 숫자만으로 만들어진 달력 밑부분에 새마을금고의 상호가 쓰여 있었다. 카운터 벽면 위쪽에는 시침과 분침이 교차하는 아래쪽에 어느 정치인의 이름이 금장으로 새겨진 둥근 벽시계가 어느새 6시 반을 가리키고 있었다.

"선우야, 너 같은 사람에게도 걱정이라는 것이 있구나. 미안해."

나는 이해할 수 없다는 표정으로 거기까지 말했고, 사실 '너는 지금 복에 겨워서 투정을 부리는 거야. 세상에는 모자라고 부족해서 고통과 아픔 속에서 희망 없이 사는 사람이 얼마나 많은 줄 네가 알기나 하냐'라고 말해 주고 싶었지만 그 말을 하지는 않았다. 선우는 알지 못할 묘한 웃음을 흘리며 내 손을 잡았다. 중국집을 나왔을 때는 비가 그쳐 있었다. 대신 진짜 어둠이 수채화 물감이 물에 번지듯 세상 전체에 번져 오고 있었다. 그 이후에도 나는 선우를 그 정도의 거리에서 그 정도의 마음을 주며 상대하고 있었다. 더 가까이 가려고 해도 그녀가 뿌리칠 것만 같고, 어쩌면 아주 멀어질 것 같다는 걱정에 더 다가가지 못하고 엉거주춤한 자세로 내 마음을 제어하고 있었다.

*

선우는 원하던 대학, 원하던 과에 당연하게 합격을 했다. 선우의 부모님은 해외 유학을 종용했고 영국과 미국의 유명 대학에서 합격 통지서를 받았음에도 그녀는 과감하게 포기를 하고 자신이 원하는 서울대학을 선택했다.

나는 부모님의 경제적 형편을 생각해서 지방 국립대를 지원했고 내가 원하던 과에 다행히 장학생으로 합격했다. 내가 합격한 국문학과가 부모님이 원하는 공대나 법대가 아니었지만 나는 만족했다. 부모님에게는 죄송스러운 마음이 들었지만 나의 성적으로는 그것이 최상의 선택이었다.

국문학과는 2년 전 학교 재정상의 문제로 문예창작과와 통합이 되었으며 머지 않은 미래에 또 다른 학과와 통합되거나 정원이 절반으로 축소될 예정이었다. 학교 내부에서는 국문학과를 통째로 없애고 싶겠지만 국립대학이라는 공익성을 무시할 수도 없고, 겉으로 나타난 이유만으로는 다른 학과도 아닌 국문학과를 없앨 수 없었다. 이러저러한 이유로 인해 국문학과의 인기는 시들해졌다. 비인기 학과로 전락하면서 한 해, 한 해 수험생의 지원율은 현저하게 떨어졌다. 그 결과 그리 높지 않은 성적의 내가 장학생으로 입학할 수 있었다.

국문학과에 합격한 학생들은 다른 해보다 어딘가 부족해 보였고, 비실용적이고 비합리적인 분위기를 풍기고 있었다. 어딘지 모르게 움츠러든 분위기를 보아하니 대학 4년간의 생활이 눈에 보이는 듯해서 답답한 마음과 함께 서글픈 생각이 들기도 했다. 그런 서글픈 생각은 교우들과의 관계마저도 서먹하게 만들었다. 국문학과 30명 남짓한 신입생 가운데 실제로 문학에 관심을 갖고 있는 학생들은 손에 꼽을 정도였다. 남학생들 중에서는 회사원이나 공무원을 미래의 직업으로 생각하고 나름 열심히 공부하는 현실파가 있는가 하면, 졸업 후 미래에 대한 걱정은 그때 가서 한다는 낙천파도 있었다. 한편 그럭저럭 놀다가 졸업장이나 따고 시집이나 가야겠다고 생각하는 여자애들도 있었다. 대학생활이라는 것이 생각과 환경에 따라서 벌어지는 간극이 어마어마해서 어느 정도 시간이 지나면서 비슷한 생각의 아이들끼리 편이 갈리고 자기들만의 관계를 만들어가고 있었다.

나는 열심히 수업을 듣고 공부를 하려 했지만 입시 때 읽고 또 읽었던 것과 비슷한 책들을 앞으로 4년 이상을 읽고 또 읽어야 한다는 현실이 우울하다고 생각했다.

그러나 동기생들과 어울려 다니는 것보다 차라리 어제 읽었던 지루한 책을 다시 읽는 편이 낫다고 생각했고, 그렇게 행동했다.

담쟁이넝쿨로 뒤덮인 음산한 빛깔의 국문학과 건물과 그 속에서의 생활은 내가 생각하고 희망에 부풀었던 대학 생활과는 거리가 멀었다. 매일매일 반복되는 학업 방식과 가능하면 눈도 마주치고 싶지 않은 선배들과, 자신만의 세계에서 상대의 생각이나 형편 따위 전혀 아랑곳하지 않는 동급생들. 오히려 가끔 마주치는 경영대학이나 공대, 법대생들이 전혀 다른 형태의 생활을 이어 가고 있었다. 그래도 학교는 빠지지 않고 열심히 다녔다.

어느 날인가 아슬아슬하게 시간에 맞추어 강의실에 도착해 보니 강의실에는 아무도 없었다. 이상하다 생각하면서도 창가 쪽에 자리를 잡고 엉거주춤하게 앉으려는데 칠판에 쓰여 있는 '금일 휴강'이라는 글자를 발

　　　　　　　　　　　스틱스강

견했다. 허무하고 억울한 기분으로 자리에서 일어나려
는데 누군가가 강의실로 들어왔다. 민혜였다. 민혜와
나는 어이없는 웃음으로 서로의 상황을 알아보며 어색
하게 바라보았다. 민혜가 강의실을 빠져나가던 걸음을
멈추고 나를 향해 걸어왔다.

"나 김민혜야."

그녀는 묘한 표정을 짓더니 나에게 손을 내밀었다.

"응. 난 이주호……."

나는 엉거주춤한 자세로 그녀의 손끝을 간신히 잡으
며 어색하게 말했다.

다행히 그날 민혜도 나도 그 외에 수업이 없었다. 예
상치 못한 상황에 의기투합한 우리는 서둘러 학교를
빠져나와서 신시가지로 향하는 버스에 올랐다. 그저
예쁘다고 할 수는 없는, 그렇다고 밉다고 할 수도 없는
평범한 얼굴을 가진 민혜지만 활발하고 긍정적 성격을
지니고 있어서 누구와도 친하게 지내지만 혼자 있을
때도 그녀는 바빠 보였다. 누군가와 전화 통화를 하고
있거나, 아니면 거울을 들여다보고 있거나, 가끔은 벤
치에 앉아서 책을 읽고 있을 때도 있었다. 강의실에서
종종 마주쳤을 때도 그녀는 항상 웃는 얼굴로 가볍게

목례를 하고는 했지만 오늘 이전에는 한 번도 아는 체를 하거나 말을 해 본 적이 없었다. 나 역시 특별히 그녀에게 관심을 가져 본 적이 없었다. 그저 혼자 있다가 수업이 끝나면 알바를 가거나 그렇지 않은 날은 자취방으로 돌아가곤 했었다.

우리는 가을비가 추적추적 내리는 도심지의 번화가를 벗어나 도시의 상징이기도 한 벚나무 가로수길 너머 새로 조성된 신시가지의 조금 외진 골목길에 자리한, 커피 마니아들에게는 유명세가 있는 '커피마니아'라는 커피숍으로 갔다. 민혜는 카페 주인과 잘 아는 듯했다. 카페의 주인은 부드러운 인상을 지녔고 약간 기른 수염이 짙은 눈썹과 매우 잘 어울리는 사람이었다. 카페 주인은 커피를 볶다가 민혜에게 환한 미소와 함께 인사를 했다. 민혜가 나를 소개해 주었고, 카페 주인은 창가 쪽 테이블로 우리를 안내하며 나에게 반갑다는 인사를 했다. 민혜는 나의 의사를 묻지도 않은 채 내가 알아들을 수 없는 메뉴를 시켰고 카페 주인은 매장에서 안이 들여다보이는 오픈형 주방으로 들어가서 핸드커피밀 커피를 갈아서 핸드 드립 방식으로 커피를 내렸다. 커피 향이 차이코프스키의 〈안단테 칸타빌레〉

의 첼로 선율에 얹혀서 카페 전체로 향기롭게 퍼져 나갔다. 처마 끝에서 방울방울 떨어지는 낙숫물의 속도와 서버에 떨어지는 커피 방울이 묘한 리듬을 맞추며 나도 모르게 커피 향기에 취해 가고 있었다.

아직 이른 시간이라 그런지 카페 안에는 2층으로 올라가는 층계 옆 창가에 앉아 노트북을 열심히 들여다보고 있는 남자 손님만이 있었다. 차이코프스키와 커피 향기에 취한 우리는 많은 이야기를 나누었다. 대체로 민혜가 이야기를 하고 나는 듣는 편이었다. 민혜는 처음엔 커피의 산지별 맛과 특성 등의 이야기로 나를 압도하다가 반짝이는 눈빛으로 예술과 인생, 문학과 사랑에 대하여 끝없는 날개를 펼쳤다. 그녀는 무지개가 피어나는 세상의 중심에서 새로운 세상을 발견한 듯 감격한 표정으로 진지하게 이야기했다. 나는 그녀의 이상과 현실을 넘나드는 폭넓은 상상력과 이해력에 대하여 놀라움을 느끼면서 동시에 그녀의 자신감 넘치는 주장에 어느 정도 압도당하고 있었다.

그렇게 2시간 넘게 그녀의 이야기를 듣는 동안 카페 주인은 2번이나 커피를 리필해 주었고, 모차르트의 〈클라리넷 협주곡〉 2악장을 비롯해서 바흐의 〈G 선상

의 아리아〉 같은, 무겁지 않고 가을비에 어울리는 음악
으로 우리의 마음을 편하게 해 주었다.

그런데 이야기를 하던 도중 말을 채 끝내지도 않고
민혜는 갑자기 약속을 잊어버렸다는 외마디 소리를 지
르고는 떠나 버렸다. 얼마나 급하게 나갔는지 꽃무늬
우산도 그냥 두고 떠나 버렸다.

*

선우는 가끔 서울에서 이곳 C시까지 고속버스를 타
고 내려와서 나에게 전화를 하고는 했다. 그 당시 나는
민혜와 정식으로 사귀기 시작했고, 그녀의 입술을 탐
하는 관계까지 발전되어 갔다. 선우의 모습과 행동이
변하기 시작한 것은 2학년이던 해 가을쯤부터였다. 중
간고사를 마치고 긴장을 풀고 조금은 피곤해하던 날에
선우의 전화를 받고 그녀가 기다리는 커피마니아로 들
어섰다. 민혜와 자주 들러서 이제는 단골로 인정을 해
주듯, 커피마니아 사장은 오늘도 변함없이 주방 안에서
커피를 볶다가 나를 보고 환한 웃음으로 목례를 하고
눈짓으로 선우의 위치를 알려 주었다.

선우는 2층으로 올라가는 계단 옆 햇볕이 잘 드는 자리에 앉아 있었다. 선우를 위해 커피마니아만의 스페셜 메뉴인 사이폰 커피를 시켰다. 주인은 과학 실험실의 실험기구 같은 유리 대롱 속에 커피를 담아서 선우와 내가 마주 보고 앉은 테이블 위에 놓고 알코올 등에 불을 붙였다. 5분 정도의 시간이 지나자 아래에 있던 물이 뜨거워지면서 커피가 담겨 있는 대롱의 윗부분으로 이동을 하여 커피를 우려내었다. 모래시계를 뒤집어 놓아 모래가 비워지는 시간에 맞추어 알코올 등에 불을 끄고 진한 포도주 빛으로 우러난 커피를 영국 왕실에서 볼 법한, 화려한 금장으로 장식한 고급 커피잔에 따라 주었다. 커피 향이 알라딘의 램프에서 펴져 나오는 연기처럼 휘날리다 선우와 나 사이에 흐르는 약간의 어색함을 묻히고 날아갔다. 그러나 또다시 어색한 침묵이 흘렀다.

"원래 미인이지만 화장하니 황홀한데."

어색한 분위기를 깨려 조금 과장해서 내가 말했다.

"피이, 웃기는 소리 하지 마. 주호야!"

커피를 한 모금 마시고 커피잔을 내려놓으며 민망한 듯 선우가 나를 불렀다. 목소리가 풀기 없이 메말라서 둔탁하게 들렸다. 나는 억지로 환한 표정을 지으며 젖히고 있던 상체를 앞으로 숙이며 선우를 쳐다보았다.

"주호야…… 나…… "

목소리가 떨리고 있었다.

남자가 생겼다고 말했다. 처음에 나는 그 말을 믿지 못해서 농담처럼 받아들였는데 선우는 조금도 웃지 않고 정말이라고, 그 사람이 정말 좋다고 진지하게 말해서 나를 깜짝 놀라게 했다. 선우가 과외 아르바이트를 한다는 사실에 놀랐지만 좋아하게 된 사람이 선우가 과외를 하는 학생의 학부형이라는 사실에 나는 다시 한번 놀랐다. 나이가 선우보다 13살이나 많고 이름을 대면 웬만한 사람은 누구나 알 수 있는 유명 소설가라는 사실에 나는 경악했다.

선우는 부드럽고 몽롱한 표정을 지으며 말했는데 나는 선우의 표정에서 선우가 그 사람을 진짜 사랑하고 있다는 것을 확실히 느낄 수 있었다. 놀란 내 모습에 선우는 예상하고 있었다는 듯이 담담한 얼굴이었고 오히려 조금은 당당한 표정이었다.

'어떻게 그럴 수 있어?'

나는 입 밖으로 내뱉지는 않았지만 속으로 그렇게

외치고 있었다.

"……그것이 정상적인 사랑이라고 생각하니?"

나는 망설였지만 이 순간 무슨 말이라도 해야 한다는 생각이 들었다. 지금까지 지켜 온 선우에 대한 망설임과 소중한 보물처럼 가슴 한켠에 간직하고 있었던 기대가 한순간에 물거품이 되는 듯해서 조금 무례하지만 조심스럽게 물었다.

"응, 지극히."

선우의 대답은 짧고 단호했다. 선우의 너무나도 당당한 표정과 대답에 나는 사실이 아니기를 바라던 기대가 무너지며 정신이 몽롱해지는 것을 느꼈다.

"나는 정상적이고 비정상적이고 그런 것은 생각 안 해 봤어. 그냥 그 사람을 사랑하고 좋아한다는 사실이 중요하고, 난 지금 행복해."

나는 그냥 고개를 끄덕였다. 더 이상 무슨 말을 한다는 것은 지금까지 이어져 온 우정에 대한 모독이기 때문이었다. 어쩌면 지금까지 지켜 온 선우에 대한 나의 영역에서 그녀가 떠나 버릴 수 있겠다는 생각이 들었고 무서웠다.

"네가 그렇게 생각하면 옳은 거야. 어차피 자신의 인

생은 자신이 책임져야 되는 문제니까."

선우는 표정에 약간의 미안함을 묻혀서 피식 웃었다.

"하지만 너의 논리대로라면 모든 것은 정상일 거야."

나는 말했다.

선우는 커피잔을 두 손으로 감싸 안으며, "나의 논리라고?" 하고는 엷은 웃음을 띠며 나의 대답을 기다리고 있었다.

문득 선우의 예쁘고 세련된 얼굴에도 약간의 억지스러움이 배어 있다고 나는 생각했다. 하지만 나는 더 이상 아무 말도 하지 않고 지금껏 한 번도 매니큐어를 칠해 본 적이 없을 것 같은 비늘 같은 선우의 손톱 끝을 살짝 눌렀다. 지금까지 나는 선우를 그렇게 대하고 있었다. 하지만 오늘만큼은 그녀에게 확실한 내 감정을 표현하고 싶었다. 그래야만 할 것 같고 그렇게 해야 한다는 의무감이 나를 짓누르고 있었다. 그것은 내가 선우의 생각이나 행동이 옳다고 생각해서도, 선우의 감정을 공감해서도 아니고 이제는 친구 이상으로 생각하려고 했던 내 마음을 버리고 그녀를 친구로 생각해야 한다는 당위성이 생겼기 때문이었다.

"우리 나가자. 너랑 술 한잔하고 싶어."

택시를 타고 도시 한가운데를 흐르는 무심천변으로
왔다.

우리는 아무런 말 없이 단풍이 제법 붉게 물든 무심
천 둑을 따라 한참을 걸었다. 무언가 내 가슴속을 지나
가고 있다는 느낌이 들었다. 한 줄기 텅 빈 바람인지도
모르겠고, 늙은 나무에서 떨어지는 낙엽인지도 몰랐
다. 어쩌면 오늘로 선우와의 관계가 과거의 것이 될 것
같다는 불길한 생각이 들었다. 불안한 마음은 무슨 말
이라도 해야 한다는 압박이 되어 나를 더욱 초조하게
만들었고, 초조함은 어색함으로 발전되어 갔다.

창이 넓어서 무심천이 한눈에 내려다보일 것 같은 2
층 카페로 들어갔다. 창가에 앉았다. 밖에서 보이는 모
습보다 조금 작고 약간 어두운 실내 조명이 오히려 분
위기를 따뜻하게 느껴지게 했고 실내는 온통 나무로
장식되어 있었다. 우리가 앉은 의자도 나무로 만든 것
이 엉덩이 닿는 부분만 푹신한 쿠션을 넣어서 깔려 있
고 원목을 다듬어서 만든 테이블이 일정한 간격으로
놓여 있었다.

길을 걸었지.

누군가 옆에 있다고 느꼈을 때

나는 알아 버렸네……

산울림의 〈회상〉이라는 노래가 흘러나오고 있었다.
맥주와 과일 안주를 시켜 놓고 마주 앉았다.

우~ 돌아선 그 사람,

미운 건 오히려 나였어……

산울림의 노래가 끝나자마자 내가 말했다.

"선우야, 하지만 네가 한 선택에 대한 책임은 너 혼
자서 오롯이 져야 할 거야. 분명히 잃게 되는 것이 생길
거야. 너는 다른 사람하고 달리 똑똑하고 현명한 사람
이니까 내가 말하는 것이 주제 넘는 말로 들릴 수도 있
겠지만 일반적이고 보편적인 사람들이 말하는 평범함
이나 정상적인 것, 상식에 맞는 행동이라고 생각되지는
않아. 그런 비정상에 대한 안정성 같은 것은 네가 책임
을 져야 한다고 생각해."

선우는 과일에 꽂힌 꽃 모양의 장식용 나무막대 셀
로판 수술을 한쪽 손으로 더듬으며 내 말을 물끄러미

듣고 있었지만 천천히 눈을 끔뻑이며 허공을 향해 검고 커다란 눈동자를 움직이고 있었다. 나는 그런 선우의 모습이 자기 자신과 상대를 동시에 들여다보고 있는 듯이 보였다. 흔들리는 속마음을 들켜 버린 것 같아 감정의 보호막이 무너지며 '내가 무슨 말을 하고 있지' 하고 나는 속으로 질책했다. 청바지 뒷주머니에 넣어 둔 전화기가 진동이 몇 번 울렸고 나는 받지 않았다. 굳이 확인하지 않아도 민혜의 전화라는 걸 알고 있었지만 지금은 오직 선우에게 집중하고 싶었다. 또다시 진동이 울렸다. 이번에도 나는 받지 않았다.

"주호야, 나를 이해해 달라고 말하지는 않겠지만 나는 진심으로 그 사람을 사랑하고 있고 그에게서도 진정함이 느껴져. 지금껏 내가 느껴 보지 못했던 순수함이라고 할까……. 아무튼 난 지금 행복하고 내가 하고 있는 행동에 대해 책임을 질 거야."

잠시 침묵이 흘렀다.

"세상에는 상식이라는 것이 있어. 너의 행동은 솔직히 그 상식의 약속에서 벗어난 것이고, 그렇다고 상식의 범주가 모두 옳다는 것은 아니지만 그냥 무시할 수는 없다고 생각해. 하지만 나는 너를 이해하고 싶어."

나는 선우의 눈을 천천히 바라보며 말했다.

"누구나 자기 몫의 상식을 갖고 있는 것이 인간이고 또 그런 상식을 안고 살아가는 것이 인생이라는 생각에는 동의할게. 하지만 사랑이야말로 궁극적으로 우리가 살아가게 하는 힘이라고 생각해. 사랑하기 위해서 사는 것이 아니라 살기 위해 사랑하는 것이 아닐까?"

선우는 탁자를 바라보던 시선을 내게로 옮겨 똑바로 쳐다보며 말했다.

나는 더 이상 무슨 말로 그녀를 설득해야 할지를 몰라 고개를 돌려 창밖으로 시선을 향했다. 유리창 밖으로 내려다본 무심천이 분홍빛으로 시작해서 석류 빛으로, 다시 잿빛으로 변하더니 서서히 달빛의 부드러움과 어우러져 무심히 흘러가고 있었다. 그날 선우도 그렇게 무심히 무심천을 떠나갔다.

*

선우가 떠난 뒤로 한동안 내가 과거를 회상하고 현재를 인지하는 기준은 선우였다. 민혜와 커피마니아에서 커피를 마시다가도 '선우는 두 손으로 커피잔을 받치고 마셨지' 생각하고, 학교에 가려고 옷을 입다 가도 "너는 체크무늬 남방이 잘 어울려"라고 했던 선우의 말이 생각이 나서 바꿔 입고는 했다. 학교 앞 분식집에서 라면을 먹을 때도 라면은 계란 없이 단무지에 먹어야 제맛이 난다는 선우의 고집이 생각나서 나도 그렇게 먹었다.

그렇게 10월이 가고 11월이 찾아왔고, 나는 군 입대를 기다리고 있었다. 나는 아무것도 하지 않았다. 선우와의 만남 이후 민혜와는 약간의 서먹함과 어색함이 있었지만 입대를 앞둔 상황을 측은하게 생각한 민혜의 용서로 그녀의 자취방으로 찾아가 섹스도 하고 같이 밥도 먹고 하면서 선우가 남기고 간 흔적을 지우려고 노력했다. 학기를 마치고 입대를 하였다. 8주간의 기본훈련을 마치고 동부전선 수색대에 배치되었다. 병영 생활이 힘들고 고통스러웠지만 나는 만족하려고 노력했다.

시간은 흘러간다. 흐르는 시간은 모든 것과 동반해서 흐른다. 그 흐름 속에서 선우도 잊혀 가고 있었다. 그녀에게서 조금씩 벗어나고 있는 나를 확인하고는 어느 정도 군 생활에 안정이 찾아왔고, 시간이 허락되는 대로 책도 읽고 제대 후 복학 준비를 하며 군대의 규칙적인 생활에 익숙해져 있었다. 말년 휴가를 나왔다. 이제는 선우의 기억이 나에게서 대부분 사라져 갔다고 생각하고 민혜와의 관계에 열중하고 있었다.

소중한 휴가기간이 거의 끝나 가고 부대 복귀를 며칠 앞둔 어느 날, 선우에게서 연락이 왔다. 선우는 병원 응급실에 있었다. 시간은 밤 11시였고 나는 민혜의 만류에도 불구하고 택시를 타고 병원으로 향했다. 내가 침대 가까이로 다가가자 선우는 창백한 얼굴로 웃었다.

"……주호 왔구나……."

목소리가 어둠처럼 묻혀 있지만 하얀 고른 치아를 보이며 웃고 있는 모습에 다행이란 생각이 들었다.

"왜 그랬어……."

내가 피멍이 들어 퍼렇게 물든 선우의 손을 잡으며 울먹이듯 말했다.

"응…… 그냥……. 나 바보 같지……?"

나는 크게 한숨을 쉬었다.

"너 왜 그러는 거야."

"미안해, 주호야……."

선우가 조금은 피곤한 표정으로 나를 올려다보다 눈

길을 돌렸다. 눈가에 묻어나는 슬픔이 이슬처럼 솟구쳐 그녀의 창백한 볼을 타고 귓등으로 흘러내렸다. 선우가 음독한 이유에 대하여 나는 더 이상 묻지 않았다.

선우의 얼굴을 들여다보면서 이 여자는 나에게 무엇으로 남아 있나 생각했다. 어쩌면 나에게는 실체가 없는 영혼 같은 존재일 수 있겠다는 생각이 들었다. 처음부터 비교의 대상도, 관계의 대상도 될 수 없는 사이였지만 그녀의 마음속에는 내가 머물고 있고 나는 그녀를 사랑하고 있었다.

사람은 단순히 하나의 면이 아닌 보는 방향에 따라 달라지는 육면체의 거울같이 전혀 다른 모양으로 보일 수 있고, 시간과 공간의 차이에 따라서 모양과 위치가 끊임없이 변해 가기도 하고, 때로는 다양한 여러 가지 상태로 존재하는 집합체다. 단순하게 한 면만 보면서 그 사람을 정의하거나 단정짓는 일은 어리석고 부질없는 짓이라고 생각했다. 그것이 선우에게 향하는 내 마음의 진정성이라는 것을 나는 믿기로 했다. 그것을 부정치 않겠다는 다짐도 했다.

*

또다시 긴 시간이 흘렀다. 나는 대학을 졸업하고 지방신문의 사회부 수습기자를 하고 있었다. 민혜는 운 좋게 C시의 여자중학교에 국어선생으로 발령을 받았고 우리는 결혼 날짜를 잡아 두고 결혼 준비로 바쁜 시간을 보내고 있었다.

선우와 연락을 주고받은 지가 어느새 3년여가 지났다는 것과 선우의 음독사건 후 4년이 지났다는 것을 기억해 냈다. 들리는 소문에 의하면 소설가와 헤어진 후 사법고시를 준비하기 위하여 남쪽의 어느 절간으로 들어갔다고 했다. 나는 나대로 생활 속에 묻혀서 그렇게 세월을 흘리고 있었다.

신문사의 사회부 수습기자 딱지를 떼고 이제는 제법 특종을 찾아서 여기저기 사건의 냄새를 맡고 기웃거릴 줄 아는 4년 차에 접어들었고, 큰딸 지현이 4살이 되었다. 민혜가 둘째를 임신하여 학교를 퇴직하고 나름 한 가정의 남편이자 아빠로 평범하게 생활을 이어 가고 있을 즈음에 선우에게서 결혼을 한다는 연락이 왔다.

나는 망설였지만 망설이는 만큼 그녀의 기억 속에서 방황하는 내가 보였다. 선우의 남편 될 사람은 성형외과 의사인데 TV 프로그램에 고정으로 출연해서 대중에게 잘 알려진 사람이고 유명 연예인들이 가장 선호하는 성형의사로 강남 테헤란로에 병원을 개원 중이다. 놀라웠던 것은 그녀가 사법시험에 합격하고 연수원을 거쳐 작년 여름 서초동에 위치한 대형 로펌에서 변호사로 활동을 하고 있다는 사실이었다.

예식이 끝나고 테헤란로의 고급 카페에서 애프터 파티가 열렸다. 선우의 간청에 못 이겨 나는 그곳까지 따라갔다. 선우를 알게 된 중학교 시절부터 17년이란 세월이 흘렀지만 선우의 부모님을 본 것은 그날이 처음이었다.

언뜻 보아도 그들은 완벽한 중년 부부를 넘어서 최고의 지성과 최고의 품위를 지닌 분들이었다. 부드러운 인상의 아버지는 누구보다 세련된 말솜씨로 하객을 사로잡았으며 어머니는 날카로운 인상이기는 해도 가느다란 금테 안경이 인품 있는 대학교수의 풍모를 유감없이 보여 주고 있었다. 두 분은 파티가 한창인 행사장 한구석에 조용히 머물다가 때로는 음악의 장단에 맞추어 발장단을 치고, 손뼉을 치며 환하게 웃고 있었다. 흥이 오를 때면 어깨춤을 까딱거리는 모습으로 분위기를 이끌었다. 신랑, 신부의 친구들이 함께 축가를 부를 때는 자리에서 일어나 어깨동무를 하고 조금은 들뜬 표정으로 분위기를 만끽하고 있었다.

선우와 그녀의 남편은 이 세상에 가장 아름답고 잘생긴 부부라고 느껴질 정도로 완벽한 한 쌍이었다. 신랑, 신부가 탱고 리듬에 맞추어 탱고를 추는데, 선우의 푸시아 핑크색 코르셋 드레스가 우아함을 넘어서 누군가를 유혹하듯 넘실댔다. 신랑, 신부의 춤에 도취된 하객들은 모두 다 부러움과 축하의 손뼉을 치는 데 주저함이 없었다. 선우의 부모님은 우아하고 여유로운 표정으로 자신들의 딸이 보내는 유혹의 신호와 잘생기고 훌륭한 사위의 모습을 지켜보며 수십 년에 걸쳐 다듬고 가꾸어 완성된 자랑스러운 작품에 만족해하고 있었다.

나는 자리에서 일어났다. 더 이상 이곳이 내가 머물 곳이 아니라고 느껴졌기 때문이다. 지금껏 내가 품었던 그녀에 대한 연정이 부질없는 허상이었다는, 너무나도 당연하고 단순한 진실이 가져다준 충격 앞에 그 자리를 더 이상 지킬 수가 없었다.

모든 것이 오래된 꿈처럼 느껴졌다. 이곳에 모인 사람들은 나를 빼고 모두가 다른 세상에 사는, 정체를 알 수 없는 사람들이라고 생각했다. 이제 선우는 나와는 다른 세계의 사람이라고 느껴지며 모호하게 품고 있던 그녀와의 관계를 끊어 내야겠다는 결심을 했다. 물론 여기에 있는 사람들은 아무런 잘못이 없다. 내가 그들과의 거리를 느낄 뿐, 그들에게 책임을 묻거나 잘못된 삶이라고 따질 생각은 없었다. 하지만 이미 내 마음도 선우와의 결별을 기다려 왔는지도 모르겠다. 그 결별이 더 이상 나에게 아픔이나 슬픔으로 다가와서는 안 된다는 결심을 하고 있었고, 선우에 대한 모든 것들을 잊어버릴 준비가 되었다고 나는 생각했다. 커피를 마실 때 두 손으로 컵을 잡는 모습도, 체크무늬 셔츠가 잘 어울린다고 말해 주던 다정함도, 라면은 계란을 넣지 않고 노란 단무지에 얹어서 먹어야 된다는 그녀의 습관도 잊기로 했다. 나는 마음이 아팠다. 나 자신이 초라하고 불쌍해지는 것이 느껴졌다.

*

세월이 많이 흘렀다. 나는 지방신문의 사회부 기자를 퇴직하고 서울의 유명 일간지 정치부 기자가 되어 국회를 출입하고 있었다. 어느새 두 아이의 아버지가 되었고, 머리숱이 윤기를 잃어 가며 얼굴의 가로 면적이 조금씩 넓어져 가고 있었다. 아내 민혜는 국어교사 직을 퇴직하고 두 딸의 양육에 전념하다가 작은딸이 10살이 되던 해에 돈을 벌기를 결심하고 사립 중학교 행정실에 행정교사로 취직했다. 학교에서 친구를 사귀었고, 가끔 누군가의 집에 모여서 그들만의 세상을 만들고 했다. 그 모임에는 대부분 민혜와 비슷한 나이와 생활 수준의 사람들이 모였었고 가끔은 부부를 동반해서 모임을 하는 경우도 있었다.

선우는 결혼식 이후 나에게 단 한 번도 연락을 하지 않았고, 나 역시 연락을 하지 않았다. 가끔은 서운한 생각이 들기도 하였지만 어쩌면 당연하다는 생각이 들었다. 선우는 서서히 내 삶에서 사라져 갔다.

국회의원 선거철이 다가왔다. 국회를 출입하는 기자가 가장 바쁜 시기이기도 하다. 오전 10시와 오후 2시에 국회의원 회관에서 여야의 청년 인재 영입 기자회견이 잡혀 있었다.

"젊음이 만드는 비례 대표, 윤선우 변호사입니다. 정치를 하기에는 아직 어린 사람입니다. 하지만 병들지 않은 생각으로 낡은 정치를 바꾸고 싶습니다. 청년이

138   스틱스강

불편하지 않은 세상, 더불어 산다는 말이 더 이상 필요 없는, 원칙과 공정과 정의가 살아 있는 그런 젊은 정치를 하고 싶습니다. 국민을 대하는 정치가 그렇게 변해야 한다고 생각합니다. 아프리카 속담에 '빨리 가려면 혼자 가라. 그러나 멀리 가려면 함께 가라'는 말이 있습니다. 저는 여러분과 함께 멀리 가고 싶습니다. 세상의 낮은 곳을 향하여 내미는 저의 진심 어린 손을 잡아 주시기 바랍니다."

"A 신문 이주호 기잡니다. 평소에 젊은이의 정치 참여에 어떤 생각을 가지고 있으며 젊은 정치의 가치는 어디에 있다고 생각하시는지요?"

나는 흔들리고 있었다. 마음이 흔들리는 것만큼 목소리도 흔들리고 있었다. 선우가 나를 바라보았다. 그녀의 눈빛이 내 목소리의 떨림만큼 흔들리는 것처럼 보였다.

'아름다운 세상이란 어떤 세상이고, 행복이 무엇이라고 생각하시는지요?'

사실 나는 그 말이 하고 싶었다. 나는 그렇게 묻고 싶었지만 용기가 없었다.

'경쟁이 원칙이 되고 1등만이 살아남는 세상, 그 숨

막히는 현실 속에서 나를 지켜 갈 수 있는 방법을 찾고 싶어. 돈과 권력 앞에서 무릎을 꿇어야 하는 자본주의의 천박한 속성에서 벗어나고 싶어.'

나는 언젠가 선우가 나에게 했던 그 말을 기억하고 있었고, 지금도 그녀는 따뜻한 세상을 꿈꾸고 있을 것이라고 생각하고 있었다. 그 꿈을 나는 동경했고, 내 마음과 그녀의 이상이 더해지면 아름다운 모닥불 같은 세상이 이루어지리라 믿고 있었다.

나는 그녀의 대답을 듣지 않고 회견장을 나왔다. 국회의사당 뒤편 윤중로에는 바람이 불고 있었다

인생도 사랑도 사라지거나 없어지는 것이 아니었다. 단지 감추고 싶었을 뿐이었다. 내가 그렇게 됨으로 말미암아 서러워했고 고통 속에서 그리워했을 뿐이었다.

나는 울고 있었다. 나도 변하고 그녀도 변해 가고 있는 것이다.

윤중로의 벚꽃이 선우의 꿈과 내 꿈처럼 떨어진 채 바람에 휘날리고 있었다.

아내가 돌아왔다

현수가 눈을 뜬 건 토요일 9시가 조금 넘은 시간이었다. 아파트 창밖에서 들려오는 앰뷸런스 사이렌 소리에 놀라 눈을 떴다. 햇살은 이미 베란다를 넘어서 방안 가득히 들어와 기하학적 도형으로 음과 양의 경계를 만들어 놓고 벽과 천정에 걸쳐 있었다. 거실 한쪽 구석에 담배꽁초가 담긴 소주병이 나동그라져 있고, 뚜껑이 열린 채 한쪽 구석에 밀쳐진 검은 냄비 속에는 오뎅 조각이 형체를 커다랗게 부풀린 채로 늘어져 있었다. 양념 반, 후라이드 반으로 나누어져 있는 치킨을 담은 종이상자 속에는 서로의 경계가 무너진 채로 먹다 버린 뼈다귀와 치킨이 함께 범벅이 되어 처참하게 말라가고 있었다. 여덟 등분으로 자른 후, 그중 세 개를 먹고 팔분의 오가 남은 케이크에는 네 개의 큰 초와 작은

초 일곱 개가 있는 것으로 보아 현수의 나이가 마흔일곱 살임을 나타내고 있었다. 가죽이 벗겨져서 속살이 훤하게 내비치는 소파의 팔걸이 틈 사이에 두 짝을 포개 접어서 쑤셔 넣은 양말이 혼자 사는 남자의 표적처럼 끼어 있다. 옥수수 껍질을 벗기듯이 뒤집어서 벗어 놓은 청바지는 덕장에 떨어진 황태의 모습처럼 방구석에 나뒹굴고 있었다.

어제는 현수의 생일이었다. 퇴근 후에 7시경부터 친구 세 명과 마시기 시작해서 자정이 넘어 친구들이 모두 돌아간 다음에도 현수는 평소의 술버릇대로 끝장을 보려는 듯 냉장고의 술이 바닥이 날 때까지 혼자 마셨다.

냉장고를 열어 차가운 물 한 병을 꺼내 관자놀이가 빠개지는 듯한 통증을 느끼면서도 단숨에 마셔 버렸다. 주섬주섬 흩어진 옷들을 주워 입고 소파 팔걸이 틈에 끼어 있는 양말을 뒤집어 툭툭 털어 신고 서둘러 현관을 나섰다.

머릿속에선 뾰족하게 날이 선 여러 개의 작은 돌이 현수가 걸음을 옮길 때마다 흔들리며 관자놀이를 찍는 고통을 만들어 냈다. 두 손으로 머리를 감싸 안은 채 3638동 끝 쪽 후미진 곳에 본네트와 문짝의 색깔이 서로 다른 현수의 차가 보였다. 쓰레기 덤프 옆 주차구역에 다른 차선의 삼분의 일을 점령한 상태로 서 있는 차로 뛰듯이 다가갔다.

쓰레기장에서 나는 악취로 역겨움이 목구멍을 타고 올라왔다. 어제 먹은 음식들이 술에 섞여서 식도를 타고 시큼한 냄새와 함께 넘어왔다. 쓰레기 덤프 뒤쪽으로 돌아가 구토를 했다. 며칠째 내린 비로 움츠렸던 몸을 모처럼의 햇살로 말리고 있던 길고양이 몇 마리가 현수를 보고 슬그머니 자동차 밑으로 숨어 버렸다. 고양이들의 경계와 달리 현수는 고양이의 존재를 전혀 의식하지 않고 있었다. 매일 하던 습관대로 쓰레기 덤프 뒤쪽으로 돌아가서 담배를 한 대 꺼내 물고 숲을 향해 참았던 오줌을 누었다. 유통기간이 경과하여 누렇게 변해 버린 사과주스 색깔의 오줌 줄기가 중간중간 우윳빛으로 변하는 걸 보고 고환에 정액이 넘치게 쌓여 있는 것이라는 판단을 했다. 현수는 "뽑아 내야지" 하고 무슨 결심이라도 하듯 혼잣말로 중얼거렸다.

서둘러서 차에 올랐다. 차량에 시동을 걸자 기름 계기판에 노란 불이 들어와 깜박였다. 눈금은 맨 아래의 빨간 선을 넘어서 바닥 끝에 떨어져 있었다. 어젯밤 퇴근해 집으로 돌아올 때부터 들어온 경고등을 무시하고 그냥 주유소를 지나친 것이 후회가 되었다. 5마일은 가야 만날 수 있는 프리웨이 입구에 있는 주유소까지 도착할 수 있을지 마음이 불안해졌다. 막 출발을 하려고 하는 순간, 집에다 전화기를 놓고 온 것이 생각 났다.

"아이, ××. 정신머리 하고는……."

자기 스스로에게 욕을 하고 집으로 달려갔다.

"아, ××. 정말 미치겠네."

계단을 두 개씩 뛰어넘어 현관문 앞에 도착하여 키를 찾았으나 키가 없다. 이번에 집 키를 자동차에 두고 온 것이다. 그렇게 갔다 왔다를 두 번이나 반복하자 쓰레기 덤프 옆에서 일광욕을 즐기려던 고양이들이 의아한 눈빛으로 현수의 행동을 지켜보았다. 다시 자동차의 시동을 걸었다. 불안한 마음 때문인지 기름 계기판의 눈금이 조금 전보다 바닥에 더 내려가 있는 듯 보였다. 청바지 주머니 속에서 진동이 왔다. 그때서야 오늘 아침 9시에 예약된 손님이 있다는 것이 생각났다.

"안녕하세요, 목사님. 제가 사정이 생겨서 30분 정도 늦어지겠는데요."

전화기를 얼른 받아 상대가 말하기도 전에 먼저 인

사를 했다.

"저 벌써 와서 정비소 앞에서 20분이나 기다리고 있는데요."

약간 신경질적인 말투가 들려왔다.

"네, 죄송합니다. 제가 최대한 빨리 가겠습니다. 정말 죄송합니다."

"……할 수 없죠. 기다릴게요."

"죄송합니다. 최대한 빨리 가겠습니다."

한 손으로 핸들을 돌리고 다른 손으로 전화기를 든채 머리까지 수그리며 똑같은 말을 두 번이나 반복했다. 서둘러서 아파트를 빠져나와 월마트를 끼고 큰길로 접어들었다. 출근시간이 지나 한적해야 할 도로가 오늘따라 차량으로 가득 메워져 있었다.

"아, ××. 웬 차들이 이렇게 많은 거야. ×같이……."

차가 막혔을 때에 사람들의 속생각을 모두 모을 수 있다면 어지간히 재미있을 것이다. 저마다 답답한 일만 생각한다 쳐도 골치 아플 것이고, 저마다 희망에 넘치는 생각을 한다 해도 그게 바로 미치광이 세상일 것이다. 그런데 사람 중에는 원래의 생김새도 각각 다르겠지만 그날 아침의 기분도 상황에 따라 서로가 다 다르게 섞여 있을 것이다. 그걸 모두 드러내 보면 아마도 아수라장이 따로 없을 것이다. 도시의 교통행정이 어쩌고저쩌고 탓할 자격이란 그 누구에게도 없었다. 그나마 교통 행정이 없고 저 생긴 대로 사거리에서 제멋대로 움직이게 내버려두면 참으로 볼 만할 것이다. 그런 미치광이 세상을 해결해 보려고 만들어 낸 게 교통 신호이고 교통 행정이겠지만, 그것들이 한 사람, 한 사람 모든 사람의 생각을 다 만족시킬 수는 없을 것이다.

막히지 말아야 할 시간에 차량의 흐름이 더딘 것에 대한 의문이 곧 풀렸다. 쇼핑몰 부근의 사거리에서 승합차와 트레일러가 접촉 사고를 내고 세 개의 차선 중 두 개의 차선을 완전히 가로막고 있었다. 경찰차의 경광등이 번쩍이고 렉카차가 대기를 하고 있는 것으로 보아 사고가 발생한 지가 어느 정도 되었던 것으로 보였다.

현수는 옆 차선으로 차를 빼려고 방향지시등을 넣었다. 행여나 틈을 줄까 봐 옆 차선의 차들은 앞뒤 범퍼가 서로 맞닿을 정도로 찰싹 달라붙었다. 현수는 고개를 빼고 손을 휘저었다. 옆 차선의 운전자들은 아무도 그와 시선을 맞추려 들지 않았다. 겨우 만만해 보이는 운전자를 발견했다. 빨간 소형차의 앳된 백인 여자다. 현수는 여자와 눈을 맞추기에 성공했다.

'나 좀 들어갑시다.'

억지 미소를 지으며 왼손을 흔들며 손으로 그렇게 말했다. 앳된 백인 여자는 내키지 않지만 어쩔 수 없다는 표정으로 끄덕였다. 잽싸게 차의 앞 대가리를 끼워 넣으며 다시 한번 손을 들어 영혼 없는 고마움을 표시하고 앞서가는 차량을 피해서 차선을 요리조리 옮기며 빠져나가 보지만 얼마 가지 않아 사거리 신호등은 어김없이 빨간 불로 현수의 바쁜 마음을 붙잡아 버렸다.

가장 가까운 주유소까지 가려면 아직도 3마일은 더 가야 하는데 현수의 경험으로 보아 도착 전에 자동차의 엔진이 꺼질 것 같다는 불안감과 함께 초초함이 밀려왔다. 아까 출발할 때 쓰레기 덤프 뒤에다 소변을 보았는데도 또 오줌이 마렵다. 발가락을 세우고 양쪽 다리를 상하로 흔들며 참았다. 신호를 기다리는 시간이 오늘따라 길게 느껴지는 것은 조급한 마음이 현수의 침착성을 지배하고 있기 때문일 것이다. 불안하고 답답한 마음에 담배를 찾아 물었다. 힘 있게 한 모금 빨아 폐 가장 깊숙한 곳까지 연기를 집어넣으니 갑자기 머리끝으로 피가 솟구치고 몸 전체로 니코틴이 퍼지는 듯 정신이 몽롱해졌다. 횡단보도의 사람이 걸어가는 모양의 빨간불은 20이라는 숫자부터 1초씩 낮아지는데 20초가 20분으로 느껴질 만큼 마음이 바빠졌다. 사거리를 가로지르는 신호가 바뀌고 반대편의 좌회전 차선에 차가 없는데도 센서가 작동을 안 하는지 직진 신호로 바뀌는 시간이 한없이 길기만 하였다.

"뭐야, ×× 놈들. 신호를 엉터리로 해 놓고 지랄이야. 아무튼 공무원 새끼들은 한국 놈이나 미국 놈이나 똑같아. ×× 같은 새끼들."

혼잣말로 특정할 수 없는 누군가에게 욕지거리를 한바탕 쏟아내고 신호가 바뀌기 무섭게 악셀을 밟았다. 3마일이 30마일보다 길게 느껴지는 도로를 지나 간신히 주유소에 도착하였으나 주유기마다 먼저 온 차량이 모두 차지하고 있었다.

"뭐야. ××, ×새끼들. 미리미리 기름을 넣지, 아침부터 바쁜데 기름을 넣고 지랄이야. ×× 놈들."

그렇게 혼잣말로 욕을 하고 순서를 기다리다 자신도 그 지랄을 하고 있는 ×× 놈에 속해 있다는 생각이 들자 쑥스러운 마음과 함께 헛웃음이 나왔다. 재수 없는 하루가 될 듯하였다. 아침부터 어수선하면 그런 날에는 하루 종일 각별히 조심해야 했다. 누군가와 다툼이 될까 봐 되도록 말도 삼가고, 먹은 것이 잘못될까 봐 낯선 것은 입에 넣지 말고, 그리고 무엇보다도 엉뚱한 사고가 날까 봐 몸을 잘 간수해야 했다. 작업장에서 일어나는 각종 사고가 기실 작업장 자체의 안전 대책 미비와 방심이 야합하여 생기는 것임을 그는 잘 알고 있었다. 얼마 전에도 방심하여 긴장을 놓고 있다가 주차되어 있던 차를 뒤에서 들이받아서 다행히 인명사고는 아니지만 고객이 맡긴 고급 차량을 파손하여 큰 손해를 본 적이 있었다.

현수는 잡생각을 걷어치웠다. 다행히 주유소를 지나서부터 길이 뚫려 있었다.

*

결국 집에서 30분쯤 되는 거리의 한적한 도로 끝 쪽에 위치한 카센터에 오픈 시간보다 2시간이나 늦게 도착했다. 1시간 가까이 기다린 손님이 화를 참으려는 듯 자동차의 시트를 뒤로 눕히고 눈을 감고 잠든 척하고 있었다.

"목사님, 죄송합니다. 갑자기 집에 일이 생겨 가지고, 정말 죄송합니다."

주차도 제대로 하지 못한 채 차에서 내리면서 서둘러 말했다.

"할 수 없죠……."

목사가 뒤로 눕혔던 의자를 원래 각도로 세우며 잠시 뜸을 들이고 난 후, 억지로 누그러진 억양으로 말했다. 말은 그렇게 하지만 입맛을 다시며 벗겨진 머리를 뒤로 쓰다듬는 얼굴에서 그게 나와 무슨 상관이냐는 듯한 표정이 느껴졌다. 입으로 말은 하지 않아도 '이렇게 해서 밥 먹고사는 것이 용하다'는 듯한 표정이었다. 서둘러 사무실의 문을 열고 스위치를 올려 불을 밝힌 후, 지체 없이 작업장의 셔터를 올렸다. 작업복으로 갈아입지도 못한 채, 오일 교환을 하고 타이어의 상태와 에어를 보충하고 워셔액의 유무까지 확인한 후, 운전석 유리창에 다음 오일 교환 시기와 마일리지를 적어 넣는 것도 잊지 않았다.

오일 교환을 할 때, 현수는 습관처럼 확인하는 것이 있다. 유리창에 붙어 있는 다음 오일 교환 시기와 자동차 계기판의 마일리지를 확인하는 것이다. 정확한 통계는 아니지만 대체로 여자 고객일 경우에는 계기판의 숫자와 유리창에 부착된 다음 오일 교환 숫자가 일치하는 경우가 대부분이다. 반면 남자 고객일 경우에는 그것도 젊은 사람일 경우에는 1,000마일 이상을 넘겨서 오는 확률이 높다. 때에 따라 3,000마일을 훌쩍 넘겨서 오는 사람도 있다. 현수는 다음 마일리지를 적어 넣을 때, 자동차의 상태를 보기도 하지만 고객의 특성을 읽고 현재의 마일리지에서 3,000마일 뒤의 숫자를 적기도 하고 때로는 4,000마일 뒤의 숫자로 적어 놓기도 한다. 물론 다시 온다는 보장은 없다.

손님을 보내고 겨우 숨을 돌렸다. 주유소에서 사온 이미 식어 버린 커피를 한 모금 마시고 밖으로 나와 담배를 물었다. 일주일째 장마 같은 비가 내리더니 오늘은 모처럼 따스한 햇살이 비추고 있었다. 맑게 개인 파란 하늘에 뭉게구름이 듬성듬성 떠 있고 바람도 포근하게 나부끼고 있었다. 담배를 몇 모금 빨았는데 속이 메스껍고 헛구역질이 났다. 삼분의 일도 안 피운 담배를 양 손가락으로 튕겨서 담장 밖으로 버리고, 심호흡을 길게 하고 작업장으로 들어섰다.

작업장 안쪽에 설치된 리프트에는 엔진을 교체하려 해체해 놓은 차가 미친 여자 머리를 풀어놓은 듯 전선과 전선이 서로 엉켜 현수의 손길을 기다리고 있다. 또 다른 리프트에는 타이어를 교체하려는 듯 네 개의 다리가 뜯겨져 나간 차가 흉물스럽게 걸려 있다. 화장실로 가는 통로만 간신히 내놓고 천장 끝까지 모아 둔 폐타이어가 금방이라도 작업장을 덮칠 듯이 위험하게 보였다. 하지만 자세히 들여다보면 탑을 쌓듯이 타이어의 공간 사이사이를 크기에 맞게 끼워서 틈을 메웠다. 하단부에서 상단부에 이르는 각도를 완만하게 유지하고 무게의 중심을 벽 쪽으로 기대어 놓으니 견고함과 정교함의 완전체였다. 그리 넓지 않은 작업장 구석구석 고장 나서 교체한 폐부품들이 이리저리 뒹굴고, 연장통 속의 연장들은 제자리를 잃은 채 서로 엉켜서 이곳저곳에 널브러져 있다. 일정하지는 않지만 콤프레서가 돌아가며 부족한 에어를 채우는 소리가 작업장 전체의 침묵을 깨우며 불안정한 공기의 흐름을 흔들고 있다.

사무실로 돌아와 컴퓨터를 켜고 오늘 작업표를 확인해 보았다. 오후 1시에 타이어 교체를 하는 손님 외에는 별 다른 예약 손님이 없다는 것이 다행이라는 생각이 들었다. 작업장 2층에 위치한 피아노 학원에서 레슨 중인지 이번 주 내내 하루도 빠지지 않고 같은 곡이 반복해서 들렸다. 현수가 잘 아는 〈엔터테이너〉라는 곡이었다. 현수는 그리그의 〈피아노 협주곡〉을 좋아했다. 현수가 어린 시절 피아노를 배울 때 선생은 악보에 적힌 대로 '빠르고 정열적으로' 치라고 주문했으나, 현수는 '느리고 부드럽게' 치곤 했다. 몇 번이고 교정을 해줘도 다시 '느리고 부드럽게'로 되돌아오자 현수와는 어울리지 않는 곡이라고 프란츠 리스트의 〈사랑의 꿈〉으로 넘어갔다. 현수는 이탈리아 칸초네를 좋아한다. 〈오! 나의 태양〉, 〈돌아오라, 소렌토로〉, 〈마리아마리〉와 같은 나폴리 민요에 빠져 나폴리 여행을 한 적도 있다. 나폴리 음악을 듣고 있으면 세상 모든 근심, 걱정이 일시에 해소되는 느낌이 들기 때문이기도 하지만 가사와 리듬이 어두운 그늘이 하나도 없는 인생 예찬과 같다는 느낌을 받기 때문이다.

피아노 학원의 레슨이 끝났는지 한동안 조용하다가 〈산타루치아〉의 첫 부분이 숨 죽이고 흘러나왔다. 지중해의 뜨거운 햇살 아래 시퍼렇게 물결치던 바다, 그 위에 과도하게 넘치던 꿈 같은 욕망들, 현수는 청춘의 모험에는 파괴적인 충동과 달콤한 자기기만이 뒤따른다는 것을 이 노래를 들을 때마다 되새기곤 한다.

현수는 중학교 2학년 말까지 피아노를 배웠다. 현수의 꿈은 피아니스트였다. 하지만 아버지의 죽음으로 단란하던 가정과 함께 현수의 꿈도 날아가 버렸다. 그 이후로 외할머니의 보살핌으로 성장했다. 고등학교에 진학하고 함께 피아노를 배우던 여자 친구는 이탈리아로 유학을 떠났다. 가끔 그녀를 생각하며 이탈리아의 하늘을, 그리고 그 아래 항구 산타루치아를 열렬히 꿈꾼 적이 있었다.

유튜브를 켜서 클래식 음악을 선택했다. 제법 괜찮은 성능의 스피커를 통해서 멘델스존의 〈Songs without word〉가 나왔다. 첼로의 육중한 저음이 사무실 바닥에서부터 안개가 피어오르듯 퍼지고, 온몸에 기운이 빠져나가는 듯한 느낌이 들었다. 며칠 전 단골 손님이 선물로 주고 간 맥심 모카 커피를 물에 타서 한 모금 마셨다. 사무실 문이 열리며 낯익은 우편 배달부가 등기우편을 전해 주었다.

현수는 우편물의 발신지가 법원이라는 것을 확인하

고 내용물을 뜯어보려다 말고 그냥 책상 위에 던져 버렸다. 몇 주 전 변호사로부터 아내의 변호사와 합의한 내용을 전화로 통보받아서 이미 그 내용을 대강은 알고 있었다. 기지개를 펴고 하품을 하고는 태연한 척, 두 손으로 턱을 괴고 눈을 감았지만 우편물의 내용이 궁금해졌다. 우편물을 열었다. 이혼을 허가한다는 내용과 함께 매월 1,440불을 36개월간 아내에게 지급하라는 내용과 아내의 허락 없이 150야드 이내에 접근하지 말라는 내용이 예상대로 쓰여 있었다.

아내 영미와 연애할 때 벌어졌던 일들이 생각이 났다. 결혼하기 전에 그녀의 부모님은 현수와 결혼을 반대하였다. 아내의 어머니는 아내 몰래 현수에게 찾아와 아내에게 정혼자가 있다는 말로 둘의 사이를 갈라 놓으려 했다. 크게 무역업을 하는 좋은 집안의 딸을 현수 같은 결손가정의 근본 없는 집안에 보낼 수 없다는 노골적인 말과 함께 "정말이지 부끄러워서 살 수가 없다"라며 현수를 다그쳤다.

하지만 현수는 학교를 졸업을 하자마자 처갓집과 인연을 끊고 그녀와 살림을 차렸다. 살림을 차리고 1년 정도가 지났을 때 아내는 휴학 중인 대학으로 다시 복학을 하려고 했다. 구체적인 준비가 거의 끝난 상태였다. 하지만 임신을 하는 바람에 그렇게 되지는 않았다. 아내는 예쁜 딸을 낳았지만 그녀의 부모님은 아무런 관심이 없었다. 무관심이 경멸이나 증오보다 무섭다는 것을 그때 알았다. 그녀가 자신의 부모님에게 아이의 사진을 우편으로 보낸 적이 있는데 역시 아무런 응답이 없었다. 딸아이가 태어나고 2년 후 재혼한 현수 엄마의 초청으로 미국으로 이민을 왔다. 그리고 22년을 살았다.

작년 아내의 아버지가 돌아가셨다는 연락을 받고 아내는 22년 만에 처음으로 한국을 다녀왔다. 한국을 다녀온 아내는 특별한 이유를 내세우지 않고 이혼을 요구했다. 현수는 아내가 원하는 것이 무엇인지도 모르고 그 무엇도 어떻게 할 수 없다는 걸 인정하는 게 무척 힘이 들었다. 그때는 아내와 자신 사이에 무엇이 가로막고 있는 것인지, 서로 무슨 생각으로 어디쯤 서 있는지조차 가늠할 수 없는 참담한 시간이었다. 과거의 자신이 만들어 낸 현재였기에 아내를 무작정 원망할 수도 없었다. 잘 살았다고 말할 수는 없어도 못 살았다고 인정할 수도 없었다. 하지만 누군가가 선택을 강요해서 얻은 결과 역시 아니었다. 아내의 이혼 요구는 지금까지 살아온 시간 동안 자신이 무엇을 놓치고 살았는지 생각하는 기회가 되었다. 그리고 비로소 어떤 마음으로 살아가야 할지 진지하게 고민하는 동기가 되었다.

*

전화기를 들었다. 작업을 하는 동안 세 통의 전화가 들어와 있었다. 음성메시지를 확인해 보니 전에 아내와 함께 다니던 교회의 집사님이 엔진오일을 교환하기 위해 오후에 방문할 수 있는지 확인하는 전화였다. 가능하다면 내일 오후에 오셨으면 좋겠다는 문자를 남겼다. 두 번째와 세 번째의 전화는 모르는 전화번호였고 문자나 음성메시지가 녹음되어 있지 않았다. 번호를 자세히 보며 누구일까 생각하고 있을 때 전화벨이 울렸다.

"나예요. 바빠요?"

약간 상기된 듯한 목소리로 선주가 물어왔다.

"아, 그냥 조금……."

"어제 술 많이 마셨어요?"

"그냥 조금……."

"이따가 몇 시까지 가면 돼요?"

"음…… 4시에 클로즈할 예정이니까 오후에 다시 통화해요."

선주는 아내와 이혼 소송 중에 만난 새로운 여자 친구다. 나이는 현수보다 세 살이 많고 평범한 남성들은 일순간 부끄러움을 느끼게 할 정도의 미모를 가지고 있다. 어딘가 한쪽 구석이 비어 있는 듯하기도 하고 무언가를 숨기고 있는 듯 보이기도 하지만 멍청한 남자들의 보호 본능을 유발하는 외모를 가지고 있기도 하다.

*

그날은 아내와 이혼 소송 재판이 열리는 날이었다. 오후 2시에 열리는 재판 시간에 맞추어 법원을 향해 가던 차 안에서 변호사의 전화를 받았다. 오늘 재판에서 대응 방법에 대한 대략적인 설명을 듣고 통화를 마쳤다. 사거리 신호등의 신호가 바뀌기를 기다리며 약간 상기된 마음에 긴장감이 들어 담배를 피우며 오른쪽 다리를 위아래로 흔들기 시작했다.

발뒤꿈치를 약간 들어 다리를 위아래로 떠는 행동은 현수의 오래된 버릇이다. 청소년 시절에도 책상에 앉거나 밥상 의자에 앉기만 하면 자동으로 다리를 떨고는 해서 할머니에게 핀잔을 듣기도 하였다. 결혼 후에도 그 버릇은 점점 심해져서 커피를 마시다가 책상 위에 올려 놓고 다리를 떠는 바람에 커피가 엎질러져서 컴퓨터 자판을 교체한 것만 해도 수십 개가 될 정도로 못된 버릇이다. 현수 본인이 생각해도 그 버릇을 아내가 이혼 사유에 포함해도 무방할 거라는 생각이 들 정도였다. 초조하거나 긴장이 될 때는 그 증세가 더 심해지고 무료하다고 느껴질 때도 자연스럽게 나타난다.

앞차의 뒷좌석 선반 위에 검은 가죽으로 포장된 책 표지에 '성경전서'라고 쓰인 한국어가 눈에 들어왔다. 거의 보이지 않을 정도의 작은 글자 크기라도 모국어가 한눈에 들어오는 것이 신기하다는 생각을 하며 성경책을 차량 선반 위에 올려 놓고 다니는 사람의 심리가 이해되지 않았다. 성경책이 장식물도 아닐진대 '나 교회 다니는 사람이니까 조심하라'는 의미인지, '나 하나님이 보호하는 사람이야. 그러니 조심해'라는 경고인지 알 수 없다는 의구심을 품고 다리 떨기의 속도를 올리고 하품을 했다. 오래전에 가톨릭 단체에서 '내 탓이오'라는 캠페인을 하며 스티커를 자동차의 뒤 유리창에 붙이고 다닌 적이 있었다. 스티커를 뒤쪽 유리창에 붙여서 뒤에 따라오는 차량에게 '내 탓이 아닌 너의 탓'이니까 조심하라는 경고를 하는 것인가 하는 생각을 하며 부정적 마음을 갖기도 하였다.

신호가 파란불로 바뀌었음에도 앞차는 움직임이 없이 정지등이 켜졌다 꺼졌다를 몇 번 반복하였다. 처음에는 클랙슨을 누를까 하다가 조금 기다려 보기로 하였다. 잠시 후 운전석 문이 열리고 40대로 보이는 여성 운전자가 내렸다. 당황한 여자는 울상이 되어서 얼굴이 상기되어 있었다. 법원까지 가려면 시간이 조금 빠듯해서 그냥 지나칠까 잠시 고민을 하다가 생각을 바꿔서 그녀에게로 다가갔다. 현수의 경험으로 보아 도로에서 차량이 정지하는 경우는 배터리가 노후되었거나 알터네이터의 고장이 원인의 대부분이다. 현수는 비상등을 켜서 자신의 차를 갓길로 옮겼다. 수신호로 뒤 차량들을 보내고 옆 차선의 백인 운전자와 함께 그녀의 차를 밀어서 갓길로 옮긴 다음, 본네트를 열어 상태를 확인해 보니 예상대로 알터네이터의 고장이 직접

적인 원인이었다. 단골 토잉회사에 전화를 걸어 견인을 부탁하고 필요하면 도움을 주겠다고 한 후, 여자에게 명함을 준 뒤 서둘러 법원으로 갔다. 그러나 아내 측에서 재판 연기 신청을 하는 바람에 다음 재판 날짜만 공지 받았다.

일찍 카센터로 돌아오니 그 여자가 기다리고 있었다. 그녀의 차량은 프리미엄 유럽 차로 연식에 비해 마일리지가 높았다. 여자가 타는 차량이어서 내부는 깨끗하게 정돈이 되어 있었다. 하지만 정비 상태가 매우 불량한 것으로 보아서 어쩌면 혼자 사는 여자이고, 차량 운행을 많이 하는 직업의 여성일 수 있겠다는 판단을 했다. 그날따라 다른 차량의 작업 계획이 없었다. 6시 퇴근 시간까지 그녀의 차량 정비로 오후를 보냈다. 그녀가 감사의 표시로 저녁을 사겠다고 해서 맥주를 곁들여서 저녁을 함께했다.

아내와 별거 후 처음 만나는 여자와의 자리는 그에게는 또 다른 세상의 무지개가 보이는 듯한 경험이었다. 아내의 청구로 이혼 재판이 진행되는 현재까지도 현수는 아내와의 이혼에 대해 부정적인 생각을 가지고 있었다. 가능하다면 아내의 마음을 돌려 재결합을 원하고 있었다. 그러던 마음이 선주와의 만남이 여러 번 이어지며 조금씩 흔들리고 있다. 아직은 대놓고 둘의 만남을 밝히기가 두렵긴 하지만 둘의 만남은 40대의 젊은 나이에 적합할 만큼 자연스럽게 형성되어 가고 있었다. 현수는 포옹을 하는 남자가 되고 싶었지만 그녀를 만나면 포옹을 당하게 된다. 자신이 안아야 된다고 생각하지만 언제나 그녀가 자신을 안고 있다는 생각이 들었다. 키도 크고 덩치도 큰데 그녀를 만나면 언제나 작아지는 느낌을 받게 된다. 그녀의 머리와 어깨에 배어 있는 체취는 이성을 희석시키고 맑은 감성을 일으키게 한다. 크지 않은 체격에, 왜소하고 자그마한 가슴을 가진 그녀의 품은 언제나 따스하고 향기롭다는 생각을 했다.

그날 이후 현수의 관심 속 대상은 선주였다. 그의 모든 생각은 선주를 향한 것이 되었다. 그런 현수의 열렬한 마음에 비해 선주는 언제나 적당한 거리를 유지했다. 그렇다고 해서 그녀가 현수를 피하는 것도 아니고 불편해하는 그런 것은 아니었다. 그녀 또한 현수를 좋아했다. 그녀는 현수의 성실함과 포근함, 그의 미소에 묘한 끌림을 느끼고 있었다. 다만 남편 민구에 대한 미

련과 가정을 지켜야 한다는 죄책감이 그녀의 마음을
흔들고 있었다.

*

　이중으로 된 유리문을 열고 철제 문을 열자 집 안의
너절한 공기가 음식 냄새에 섞여서 어지럽게 코끝을
자극해 온다. 현관 안으로 들어서자 집 안의 온기와는
달리 어둠은 거실 전체에 암실처럼 깔려 있다. 지하실
문틈으로 올라오는 불빛이 날카로운 칼끝처럼 선을 그
어서 경계를 만들고, 2층으로 올라가는 계단의 시작점
까지 걸쳐 있다. 거실 카펫 위에는 구인 신문이 아무렇
게나 널브러져 있고, 설거지통에는 점심에 끓여 먹었는
지 말라 버린 라면 가락이 붙어 있는 냄비가 뒹굴고 있
다. 식탁 위에는 김치통이 뚜껑이 열려 있고, 시큼한 김
치 냄새와 남편의 담배 냄새가 뒤섞여서 절묘하고 오
묘한 냄새를 만들어 내고 있다. 전기료를 아끼려고 어
젯밤 넣어 놓은 빨래는 건조대에서 마른 명태처럼 굳
어 가고 있는 중이다.

　지하실로 내려가는 계단 옆에 지난해 옆집이 이사를

가면서 버리고 간 것을 주워 온 낡은 장식장이 있다. 그 위에는 전기료와 자동차 할부금, 인터넷 사용료, 보험료 고지서 등이 개봉도 안 된 상태로 선주의 걱정만큼 쌓여 있었다.

오늘도 남편 민구는 컴퓨터와 씨름을 하고 있는 중이다. 민구는 벌써 1년째 실직 중이다. 선주는 지하실로 내려가려다가 마음을 바꾸어 식탁 의자에 코트를 벗어 걸치고 소파에 비스듬히 앉았다. 굳이 내려가 보지 않아도 남편의 모습이 눈에 선하게 보인다. 워크아웃으로 된 지하실 안쪽 벽에는 컴퓨터가 올려진 작은 책상이 있고 건너편에 소파형 침대가 놓여 있다. 남편은 삐걱거리는 의자에 앉아 게임을 하고 있을 게다. 내려앉은 어깨와 구부정한 등판을 잔뜩 움츠리고, 깎지도, 그렇다고 기르지도 않아서 거뭇한 수염을 한 채로 목 부분이 늘어나서 후줄근한 회색 티셔츠와 고무줄이 헐렁한 색 바랜 몸빼형 검정 추리닝 바지를 입고 오직 게임 속에서 적과의 한판 전쟁을 치르고 있을 거다. 아내의 늦은 퇴근에도 아랑곳하지 않고 적군의 영토를 빼앗고, 성을 높이 쌓고, 군대를 번성시키는 일에 인생의 전부를 건 듯이 온 정열과 정성을 다해서 싸우고 있을 모습이 분노를 넘어서 이제는 측은함으로 다가오기까지 한다.

지금 지하실로 내려가는 것은 남편과 싸우자는 선전포고가 된다는 것을 선주는 지금까지의 경험으로 잘 알고 있다. 결론도 답도 없는 싸움에 지쳐 있는 선주는 마음을 바꾸어 2층으로 올라갔다. 이중으로 꺾여서 올라가는 계단 옆으로 작은딸 현주가 그려 놓은 캐리커처가 남편과 선주, 큰딸 수영과 현주의 순서대로 걸려 있고, 그 옆에 네 명이 어깨동무를 하고 환하게 웃는 표정의 가족사진이 행복하게 보였다. 작은딸 현주는 대학 기숙사에 있고, 큰딸 수영의 방은 불이 꺼져 있는 것으로 보아 아직 집에 돌아오지 않은 것 같았다.

그녀는 가끔 도망치고 싶었다. 오늘도 그런 날이다. 그녀는 보험 설계사다. 그녀는 일과 관계되는 서류를 집 안에 흐트러뜨리는 법이 없었으므로 남편도 아이들도 선주가 구체적으로 어떤 일을 하고 있는지 모르고 있었다. 그녀는 실직한 남편과 아이 둘이 있다는 사정을 앞세워서 집안 사람들이나 친지와 친구들에게 부탁하며 실적을 채우려 하지 않았다. 다행히도 그녀의 능력은 어렵지 않게 회사에서 요구하는 목표치에 도달할 만큼 발휘되고 있었다.

옷을 입은 채로 침대에 누웠다. 노트북을 켰다. 컴퓨터가 부팅되는 사이에 냉장고에 맥주 한 캔을 꺼내 조금 마셨다. 노트북의 비밀번호를 입력하고 유튜브에서 음악을 검색하다 '슬픔을 간직하고 싶을 때 듣는 노래'를 선택했다.

'슬픔을 간직한다는 게 뭐지.'

그녀는 혼잣말로 자신에게 물어보았다. 그녀는 눈을 지그시 감았다. 비올라의 선율과 조화를 이루는, 애절함을 간직한 목소리의 가수가 부르는 샹송이었다. 멜로디와 가수의 목소리만으로도 슬픔이 가득한 노래였다. 눈을 떴다. 천장을 바라보다 머리를 흔들며 의미심장하게 말했다.

"그래, 그럴 수 있어."

지나간 날들은 다시 오지 않는다. 과거는 지나갔고, 지나간 시간 뒤에는 다른 날들이 온다는 것을 잘 알고 있다. 모든 것은 지나간다는 사실에 잠시 안도했던 적이 있었으나 어쩌면 그 사실이 싫었던 것인지도 모르겠다. 그녀는 언제든 마지막이 될 수 있는 모든 날들을 비슷하게 만들며 살고 싶었다. 나 혼자 그런다고 되는 게 아닌 걸 알면서도……

며칠 전 현수가 1박 2일로 바닷가로 여행을 가자고 제안했다. 갈지 말지 망설이고 있었는데 떠나기로 결심을 하고 현수에게 전화를 걸었다.

*

현수는 오래전부터 미루어 오던 폐타이어 반납을 하기로 했다. 그동안 모아 두었던 폐타이어의 양이 130여 개를 넘으면서 좁은 작업장이 더욱 비좁아지고 화장실 가는 통로까지 점령당해 불편을 겪고 있었다. 조금 한가한 오늘 정리하기로 마음먹고 트럭에 옮겨 실었다. 절반을 넘게 옮겨 싣고 거의 바닥이 드러날 즈음, 보일러실과 화장실의 벽 사이 구석진 곳에 어미 고양이 한 마리가 이제 태어난 지 얼마 되지 않은 아기 고양이 네 마리와 보금자리를 틀고 있는 것을 발견했다. 현수와 눈이 마주친 어미 고양이는 현수를 향해 하악질로 경계의 눈빛을 보내면서도 제발 우리 가족을 해치지 말아 달라는 애원의 눈망울을 굴리고 있었다. 아직 어려서 거동이 완전치 못한 아기 고양이 네 마리는 엄마 고양이 품속으로 파고들며 현재의 위기를 본능적으로 느끼고 있는 듯했다. 현수가 하던 작업을 멈추고 천천히 가 보려고 접근을 했지만 어미 고양이는 발톱을 세우며 다시 하악질로 싸울 태세를 갖추고 있었다.

현수가 살던 동네는 서울의 변두리 산동네로 선거철만 되면 정치인들의 무분별한 선거 공약에 의하여 재개발이 유행처럼 시행되었다. 현수가 중학교 3학년이 되었던 해였다. 집안을 책임지던 아버지가 뺑소니 교통사고로 돌아가시고 현수는 엄마와 열 살짜리 동생, 여섯 살 여동생과 함께 언제 철거될지 모르는 집에서 그럭저럭 살고 있었다. 엄마는 아직 학교에 다니지 않는 어린 여동생을 등에 업고 닥치는 대로 일을 하며 힘들고 어려운 생활을 지켜 가고 있었지만, 30대 중반의 여자 혼자서 고만고만한 세 명의 아이들을 돌보기란 그리 녹록한 일이 아니었다. 그날은 가을비가 부슬부슬 내리던 가을날이었다. 학교에서 돌아와 보니 집은 반쯤 부서져 있고, 엄마 품에 안겨 있는 동생들은 공포에 질려 있었다. 책가방을 내동댕이치고 몸으로 철거반의 쇠 파이프와 포클레인에 맞서서 싸워 봤지만 어린 현수의 힘으로는 막아 낼 수가 없었다. 그날 밤 무너진 잔해 더미 옆에 간이 포장을 치고 네 식구가 누웠다. 억울함과 비통함에 잠을 이루지 못한 채 현수는 철거 반원에 살기를 품고 있었다. 어디에서 왔는지 어둠 속에 주인 잃은 길고양이 네 마리가 천막 주위를 맴돌았다. 여덟 개의 푸른빛의 눈을 번뜩이며, 자기들만의 터전에 침입한 인간에게 경계심을 품고 있었다.

그날의 일은 현수에게 있어서 첫 번째 가정의 붕괴를 예고했다. 그 후 세 남매는 잠시 보육원에 맡겨졌다가 얼마 후 강원도 작은 도시에 살고 있는 외할머니의 보살핌을 받으며 성장했다. 그사이 엄마의 재혼 소식이 들려왔고 얼마 지나지 않아 새로운 남편을 따라서 미국으로 이민을 떠났다는 사실도 소문으로 전해졌다. 그때 현수는 뒷동산에 올라 죽은 아버지도, 새로운 삶을 찾아 재혼한 엄마도 원망하며 증오하고 많이 울었다. 어떻게 하든 가정을 지켜야 한다는 강한 신념이 생긴 것도 그때부터 시작되었다.

"너 같은 이중 인격자하고는 하루도 더 못 살아!"

아내가 집을 나서면서 마지막으로 지른 소리다. 현수는 그 말의 뜻을 아직도 이해 못 하고 있다. 나름대로 성실하고 정직하게 살려고 노력했고 가정을 지키려는

스틱스강

신념이 누구보다 강하다고 자부해 왔는데, 23년을 함께 산 아내에게서 그런 소리를 듣고 이혼을 통보받게 된 것이 억울하기도 하고 인정할 수가 없었다. 아내는 아버지의 장례를 마치고 3개월 정도 한국에 머물다가 돌아왔다. 돌아온 아내는 몹시 격앙된 반응을 보였다. 아내는 매일매일 다른 사람처럼 보였다. 어떤 날에는 약에 취한 사람같이 어눌하기도 했고, 또 어떤 날에는 매우 기분이 좋다가도 한순간에 히스테릭한 반응을 보이고는 했다. 굳이 일관적인 특징을 꼽아 보면 한국으로 여행을 자주 간다는 것이었다. 그러한 아내의 변화에 한국에 새로운 남자가 생겼을지도 모른다는 의심이 들기도 했지만, 다양한 방법으로 정보를 수집해 보아도 아내에게 남자가 생겼다고 의심할 정황은 전혀 보이지 않았다. 그렇게 3년의 별거기간이 지난 어느 날 법원에서 아내의 이혼 청구 소장을 받았다.

*

영미는 여행가이드 일을 해 왔다. 영미는 자신의 페이스북에 여행객들과 웃으며 찍은 사진들을 올렸고, 일

행 모두와 어깨동무를 하고 있는 사진을 올리기도 했
다. 현수는 영미에게 사진 속의 남자에 대해 일일이 따
져 물었다. 시간이 흐를수록 현수는 집착 증세를 보였
고 이로 인한 영미의 심적 고통은 날로 심해졌다. 병원
을 찾아 상담과 치료를 받기도 했다. 현수의 의처증 증
세는 점점 심해져 영미에게 욕설과 폭언을 하기에 이
르렀고, 술에 취하면 영미의 소지품을 모두 꺼내 확인
을 하고 영미의 자동차에 추적 장치를 달기도 했다. 영
미는 그러한 일들을 사진과 녹음으로 남기며 증거물을
보관해 두고 있었다.

*

현수는 접근을 포기하고 사무실로 돌아와 고양이에
대하여 검색을 해 보았다. 원래 현수는 동물을 좋아하
는 성격은 아니다. 지금까지 한 번도 동물을 키워 본 적
도 없고 철거촌에서의 기억 때문에 고양이에 대해 좋
지 않은 편견을 가지고 있었다.

고양이의 임신기간은 63일에서 67일 정도이고, 태
어난 후 60일 정도는 어미의 젖으로 성장하고 최소 120

일이 지나야 독립이 가능하다는 간단한 정보를 얻었다. 의자의 손잡이를 올리고 고개를 뒤로 젖혀서 눈을 감았다. 음악은 헨델의 〈Let me cry〉로 바뀌어 첼로의 두껍고 육중한 바리톤이 흐르고 있었다. 땀 흘려 일해서 그런지 메스껍던 속은 어느 정도 정상으로 회복되어 조금은 편안해졌다. 약간의 허기가 피곤과 함께 밀려와 얕은 잠 속으로 빠져 들었다.

*

집으로 돌아가는 길, 라디오를 켰다. 진행자는 남미의 음악을 소개하고 있었다. 핸들에 달려 있는 버튼을 이용해서 다른 방송으로 채널을 바꾸자 이번에 현수의 영어 실력으로는 알아들을 수 없는 빠른 랩이 무거운 베이스를 깔고 흘러나왔다. 라디오를 껐다. 시끄러움이 사라지고 다시 적막이 찾아왔다. 다행히 출발 지점부터 아파트에 들어서는 작은 도로에 이르기까지 마치 현수의 진행을 위해 맞추어 놓은 듯 한 번의 정지 신호도 없이 물 흐르듯 돌아왔다. 오늘따라 아파트 출입구 가장 가까운 곳에 주민 모두가 선호하는 주차 라인도 비워져 있다.

시동을 끄고 차에서 내리려는 순간에 주차장 옆 쓰레기장 옆 어딘가에 살고 있는 아침에 만난 고양이들이 저녁 식사를 위해 쓰레기통 주위를 서성이고 있었다. 평소에 눈길 한 번 주지 않고 무관심하던 현수의 눈속에 오늘에서야 그들의 존재가 들어왔다. 까만 바탕에 흰색 점이 있는 놈과, 얼룩무늬를 하고 있는 놈, 표범 무늬를 하고 있는 놈과 무리의 대장인 듯한, 덩치가 조금 크고 온통 검은색의 놈이다. 가까이 다가가자 경계의 눈빛을 보내던 놈들이 재빨리 자동차 밑으로 숨어서 눈빛만 반짝였다. 오줌이 마려웠다. 발길을 돌려 아파트로 돌아섰다. 현수의 집은 3층이다. 출입구에 들어서면 1층에 살고 있는 인도 사람들의 음식 냄새가 층계를 타고 2층으로 올라와 남미 음식 냄새와 합해져서 절묘한 조합을 이루다가 3층에서 한국 음식 냄새와 합쳐져서 국적 불명의 냄새로 아파트를 휘감고는 한다.

현관문을 열고 집 안으로 들어섰다. 분명 아침에 나설 때 어제 술판이 벌어진 상태 그대로였는데, 어찌된 일인지 현관 입구에서부터 신발장까지 깨끗하게 정리가 되어 있었다. 이상한 일이다. 혹시 다른 집에 들어

왔나 하고 주위를 둘러보니 몇 년 전 바닷가에서 아내와 어깨동무하고 찍은 사진도 그대로 벽에 걸려 있고, 거실 한쪽에 세워진 화분도 그대로인 걸로 봐서 자신의 집인 것이 확실하다. 조심스럽게 거실을 지나 부엌 쪽을 쳐다보니 어느 소주회사에서 판촉물로 나누어 준 '처음처럼'이란 글자가 쓰인 앞치마를 두른 아내가 화장을 곱게 하고 환하게 웃고 있다. 아내가 돌아온 것이다.

*

전화벨 소리에 놀라서 눈을 떴다. 꿈이었다. 전화기 창에 '토끼'라고 떴다. 토끼는 선주의 애칭이다. 현수는 전화를 받지 않았다. 전화는 몇 번 신호음을 울리다가 끊어지고 연이어 다시 울리다가 끊어졌다. 갑자기 서러운 생각에 눈물이 났다. 현수의 시야에 매월 1,440불을 36개월간 지급하고 아내의 허락 없이 150야드 이내에 접근할 수 없다는 판결문의 내용이, 조금 전 꿈속에서 아내가 입었던 앞치마에 새겨진 '처음처럼'이란 글씨와 겹쳐졌다가 흐르는 눈물에 하얗게 퇴색되어 흔적 없이 사라져 갔다.

선주에게 문자를 보냈다.

'미안해요. 여행 계획은 취소할게요. 이제 당신은 아내로 돌아가야 해요.'

*

트럭에 실어 놓았던 타이어를 다시 원래의 위치로 옮겨 쌓기 시작했다. 이전보다 더 정성을 들여서 견고하게 쌓았다. 화장실 입구 쪽으로 작은 통로를 만들고 고양이들이 자유롭게 드나들 수 있게 한 후 사료를 구입해 와서 통로 입구에 놔두었다. 어지럽게 나동그라져 있는 부품 속을 휩쓸던 콤프레서 돌아가는 소리가 현수의 마음속을 스치고 바닥부터 천장까지 골고루 퍼지고 있었다.

홀리데이

벌거벗은 채 아내는 자고 있다. 아내의 코 고는 소리와 현관 입구에 세워진 괘종시계 초침 소리가 묘한 하모니를 이루고 있는 집을 나왔다. 차를 몰고 US 29번 도로를 20분쯤 서쪽으로 달리면 US 15번 도로가 나온다. 다시 남쪽으로 10여 분을 가면 버지니아 55번 도로를 만나고 왼쪽으로 돌면 스트라스버그 로드가 나온다. 양옆으로 울창한 숲을 이루고 있는 산길을 10여 분 달렸다. 산길의 곡선을 따라서 핸들 감고 풀기를 반복하며 자동차의 속도를 줄이고 라이트를 상향으로 올리고 달렸다. 불빛의 움직임을 따라 길가의 키 큰 나무 그림자가 자동차를 덮치고 양옆으로 쓰러지는 착각이 들게 했다. 숲속 어디에선가 여러 개의 파란 눈동자가 자신들의 영역에 찾아든 불청객에게 경계의 눈빛을 보내고 있었다.

무서운 생각이 들었다. 라디오를 틀었다. 비지스의
〈홀리데이〉가 흘러나왔다. 갑자기 지강헌 일당의 인질
극 생각이 났다. 1988년 10월 영등포교도소에서 공주
교도소로 이감 중이던 지강헌 일당이 교도관을 위협하
여 탈주하고 북가좌동 어느 가정집에 숨어들어 경찰과
대치하다 사살당한 사건이었다. 죽기 직전 지강헌이
창문을 통해 외치던 주장이 기억났다.

"이 바보들아! 나는 국민학교밖에 못 나왔어! 국민학
교밖에 못 나왔지만, ×새끼들, 난 그동안 생각했단 말
이야! 이 사회에 적응하기 위해서 자기 인생을 버렸단
말이야!"

산길을 벗어나 캐나다까지 뻗어 있는 81번 프리웨이
에 접어들었다. 빠른 속도로 지나가는 차들은 제한속
도 70마일을 지키고 가는 것은 바보짓이라고 생각하는
것 같았다. 나는 그냥 이 길을 따라 캐나다까지 가 볼까
하는 생각을 했다. 갑자기 나 자신이 탈주범들처럼 갈
곳 잃은 방랑자 같다는 생각이 들었다. 앞서가던 컨테
이너 차량 두 대가 처음엔 장난을 하듯 앞서거니 뒤서
거니 하더니 두 대가 나란히 두 개의 차선을 점령하여

막아 버리고 다른 차들의 진행은 허용하지 않겠다는 듯 경쟁을 하며 달려가고 있었다.

갑자기 그들의 뒤를 따라가기가 싫어졌다. 나는 81번 프리웨이를 포기하고 작은 도로로 들어섰다. 윈체스터 도심을 지나 산길로 접어들었고, 얼마 가지 않아 불현듯 불안한 생각이 들었다. 1998년식으로 이미 20만 마일을 넘긴 포드 엣지의 엔진 부분에서 벨트가 무언가와 마찰하는 소리가 미세하게 들렸기 때문이다. 밤중에 산속에서 고장이라도 나면 큰일이라는 생각이 들며 갑자기 온몸에 소름이 돋았다. 얼른 내비게이션을 커서 집을 누르고 가까운 길을 찾아 버지니아 7번 도로에 들어섰다. 20여 분을 달려오니 오른쪽으로 리스버그 아울렛 쇼핑센터가 눈에 들어왔다. 이곳에서 멀지 않은 곳에 살고 있는 군대 친구 호규에게 전화해서 술이나 한잔해 볼까 생각을 했다가 바로 마음을 바꾸었다. 자동차 대시보드에 초록색으로 찍힌 시간이 이미 자정을 넘기고 있었다.

집으로 돌아왔다. 아내는 벌거벗은 채 자고 있었다. 현관 앞의 괘종시계도 여전히 돌아가고 있었다.

*

호규를 미국에서 만났을 때 이미 그는 꿈을 이룬 미국인이 되어 있었다. 제법 규모가 되는 레스토랑을 세 개나 운영하며 이곳에서 새로 만난, 열세 살 연하의 예쁘고 세련된 젊은 여자와 살고 있었다. 호규는 한국에서 고등학교 영어 선생을 하다가 1995년에 아내와 이혼을 하고 누이가 살고 있는 미국으로 이민을 왔다. 영어를 잘한 덕에 누님이 운영하던 일식집에서 스시맨으로 몇 년 일하다가 누님이 하던 가게를 인수하고 10년 만에 비슷한 가게를 세 개나 차린, 사업 수완 좋고 능력이 있는 친구다.

군대 동기인 호규를 처음 이곳에서 만난 것은 특전사 전우회 모임에서였다. 다섯 번째인지 아니면 여섯 번째인지 기억이 나지는 않지만 특전사 전우회 모임에서 몇 번 만났을 즈음에 호규가 자신이 운영하는 일식집으로 우리 부부를 초대했다

그날은 일요일이었다. 교회 예배에 참석하고 약속 시간에 맞추려고 이곳저곳을 돌아다니며 시간을 보냈다. 조금 이른 시간에 호규의 식당에 도착했다. 입구에

마련된 안내석에 서 있던, 대충 보아도 쌍꺼풀 수술 자국이 선명한 젊은 여자에게 사장님을 만나러 왔다고 하자 젊은 여자는 쌍꺼풀 수술 자국이 난 눈으로 우리 부부를 잠시 훑어보더니 조금 의외라는 표정을 지었다. 어쩌면 우리 부부의 차림새가 자신의 기준에 못 미쳤다고 생각했는지 모르겠다. 쌍꺼풀 여자의 의외라는 표정이 정확히 무엇을 의미하는지는 알 수 없었지만 기분이 조금 상했다.

쌍꺼풀 여자는 잠시 기다려 달라는 말을 남기고 식당 안쪽에서 손님과 이야기 중인, 매니저인 듯한 중년 여자에게 우리의 방문을 알리는 듯했다. 우리 부부를 힐끗 쳐다본 그녀가 멀리서 가벼운 목 인사를 했다. 상당한 거리에다가 조명이 어두운 탓에 정확한 모습은 보지 못했지만 얼핏 어디서 본 듯한 느낌이 왔다. 어디서 봤지? 현재의 모든 생각을 정지시키고 과거로 기억을 더듬었다.

우리 쪽으로 돌아온 쌍꺼풀 여자가 우리를 식당 안쪽, 가장 아늑해 보이는 자리로 안내해 주었다. 아내와 내가 자리에 앉으려는 순간, 20여 년 전으로 돌아간 나의 기억이 그녀의 모습을 끄집어냈다. 마침 손님과 이야기가 끝났는지 우리에게 가까이 오며 환한 모습으로 인사를 하려던 그녀의 표정이 잠시 굳어졌다. 그녀도 지나간 기억을 찾고 있는 듯했다.

잠깐 시간이 흘렀다. 한 발짝 물러서며 고개를 숙였지만 안경 너머로 보이는 뚜렷한 눈매를 보고 나는 그녀가 이신혜라는 것을 직감했다. 그녀는 중년을 지나 갱년기로 넘어가는 대부분의 아줌마들이 그렇듯이 어느 정도 살이 불어난 모습이었다. 눈가의 잔주름이 세월의 흔적을 말해 주고는 있지만 내가 기억하던 젊은 시절 그녀의 모습에서 그리 많이 멀어져 있지 않았다. 어느 정도 도도하고 무심한 듯한 표정은 의심의 여지 없이 그녀를 내 앞에 끄집어내기에 충분하였다. 나는 당황했고 어쩔 줄 몰라 하는 표정이 나 스스로 느껴졌다. 눈치 빠른 아내는 나와 신혜를 번갈아 쳐다보았다. 미묘한 분위기에 아내 역시 당황하기는 마찬가지였을 것이다. 하지만 침착한 아내는 마침 우리 자리로 다가오는 호규를 보며 자연스럽게 인사를 했다.

"안녕하세요, 식당이 엄청 크고 정말 멋있어요."

"어서 오십시오. 아이, 뭐 별거 아닙니다. 그리 크지는 않지만 이런 걸 세 개나 하니 제법 힘들기는 하네요."

누가 물어보지도 않은 것을 자랑이 아닌 듯이 하는 호규의 말이 귀에 거슬렸으나 그런 것들은 지금 내게 있어서 아무런 문제가 되지 않았다.

"야! 어마어마하네. 호규 너 대단하다. 그리고 부럽다, 호규야."

일부러 과장하여 조금 큰 소리로 의례적인 인사를 던지듯이 하면서도 내 시선은 신혜가 있을 듯한 주방 입구 쪽으로 향하고 있었다.

우리가 온다고 미리 지시를 해 놓았는지 처음 우리를 안내했던 쌍꺼풀 여자가 물을 따라 주고 야채 샐러드와 미소 된장국, 1인용 작은 계란찜을 식탁에 가지런히 놓고 쌍꺼풀 진 눈으로 눈웃음을 살짝 짓고는 호규에게 목례를 하고 갔다. 샐러드가 신선해 보이고 된장국의 냄새도 그렇고, 쑥갓 잎사귀로 장식한 계란찜의 모양도 꽤 고급스러워 보였다.

*

신혜는 청년 시절 내가 지키려고 노력했고 마음으로 사랑했던 여자다. 그녀는 대학에서 미술을 전공하

184   스틱스강

고 졸업 후에 명보극장 옆에 있는 화실에서 근무하였다. 나는 광교와 을지로 입구 사이에 있는 광고회사에 다니고 있었다. 그때 3년의 시간이 내가 간직하고 있는 그녀와의 추억 전부이다.

명보극장 옆 명보다방은 그녀가 매일 오후 3시에 들러서 음악을 듣고 커피를 마시던 곳이다. 다방 DJ는 그녀와 약속이라도 된 듯이 그녀가 다방에 들어와서 커피를 시키고 마실 때쯤에는 비지스의 〈홀리데이〉를 들려주곤 했다. 나는 마음속으로 DJ가 신혜를 좋아하고 있는지도 모른다는 의심을 하기도 했다. 광고회사의 위치가 그녀의 화실과 걸어서 20분 정도 거리인 관계로 시간이 허락되는 대로 명보다방을 찾고는 했다. 솔직하게 말하면 그녀를 만나기 위해 부근에 볼일을 가장하여 그 시간에 맞춰 다방에 가곤 했다.

신혜에게는 종철이라는 남자 친구가 있었다. 종철이는 내 고등학교 동창이며 나와 매우 가까운 친구다. 종철이는 집안 좋고 부유한 가정에서 부족함 없이 자라 모든 일에 당당하고 자신감이 있는 친구였다. 잘생기지는 않았지만 키가 크고 사이클 국가대표 상비군에 소속되어 있었다. 멀지 않은 미래에 아버지의 사업

체를 물려받아 회사를 운영할 예정이었다. 그런 종철은 친구 모두에게 부러움의 대상이었다. 감히 내가 대적해서 그에게서 그녀를 빼앗기란 불가능할 것이라 생각이 들었지만 그런 것들은 내 마음의 결정을 무너뜨리는 데 장애가 될 수 없었다. 사실 신혜는 종철과 연인 관계를 유지하고는 있었지만 그것은 종철의 일방적 생각일 뿐이지, 신혜는 친구인 우리들 모두에게 친구 이상으로 편하게 상대해 주는 그런 여자였다. 다행히 그녀의 화실과 나의 직장이 가까운 거리에 있었기에 그녀를 자연스럽게 만날 수 있는 기회가 주어져 있었고, 시간이 흐르면서 가끔 점심도 같이 먹고 술도 한잔할 수 있는 그런 관계로 발전되어 갔다.

*

어느 날, 신혜에게서 연락이 왔다. 바람이 스산하게 불며 금방이라도 비를 내릴 것 같은, 퇴근 시간 무렵이었다. 그냥 술이 먹고 싶은데 제일 가까운 곳에 있는 나를 선택했다고 했다. 굳이 하지 않아도 될 말을 하는 그녀가 약간은 원망스러웠지만 선택해 준 것만으로도 고

마운 마음이 들었다. 밀린 일들을 뒤로 미루고 단숨에 술집으로 향했다. 약속 장소는 '골뱅이와 홍합의 만남'이라는 조금 특이한 이름의, 골뱅이와 맥주를 파는 을지로 백병원 뒷골목의 허름한 집이었다. 그날 골뱅이와 홍합이 섞인 안주를 먹으면서 나는 골뱅이와 홍합, 그 둘의 생김이 아주 이상적이라는 조금은 야한 생각을 하기도 했다. 6시부터 마시기 시작한 사흡들이 크라운맥주를 다섯 병을 비우고 밖에 나오니, 이미 어둠이 짙게 깔렸고 비가 추적추적 내리고 있었다.

인쇄소 골목에서는 인쇄기 돌아가는 소리가 커렁커렁 들리고 제단소와 지물포에서는 퇴근을 미룬 직원들이 불을 환하게 밝히고 바쁘게 움직이고 있었다. 나는 가지고 있던 우산을 그녀 쪽으로 기울여 오른쪽 어깨가 비에 젖은 채 그녀를 따라 걸었다. 골목을 막 빠져나와 버스 정류장을 향해 가는 도중 제법 취기가 오른 듯한 신혜가 나에게 물었다.

"문호야."

"응, 말해."

그녀가 조금은 심각한 어조로 부르기에 나도 조금 진지하게 대답을 했다.

"너 저 길 건너 빨간색과 파란색 간판 보이지?"

오른손에 우산을 들고 왼손으로 약간의 거리를 두고 있는 나를 붙잡으며 신혜가 말했다.

"응, 그래. 보여."

그녀의 그런 행동이 약간은 당황스러워 천천히 대답했다.

"간판을 크게 한번 읽어 봐. 아주 크게, 두 개 다."

신혜는 묘한 웃음으로 표정을 바꾸고 다그치듯 나에게 말했다.

"홍, 보, 지, 물, 포, 청, 자, 지, 물, 포."

반대편 조금 으슥한 골목 옆쪽으로 전신주에 억지로 붙어 있는 것 같은 방범등에 약한 빗줄기가 보였다. 희미하게 비치는 간판을 미간을 찌푸리며 더듬더듬 읽었다. 그때까지도 나는 그냥 두 개의 지물포가 나란히 붙어 있는 것만을 생각했다. 신혜는 걸음을 멈추고 허리를 굽혀 가며 지나가는 사람들이 모두 쳐다볼 정도로 크게 웃었다. 한참을 웃고 난 그녀가 아직도 입가에 웃음을 가득 머금고 내게 물었다.

"아직도 그 뜻을 모르겠니? 문호, 너 생각보다 머리가 나쁜 건지, 순수한 건지……."

무슨 상황인지를 몰라 한동안 어리둥절해 있는 나에게 신혜가 말했다.

"다시 한번 천천히 읽어 봐."

그때서야 신혜가 큰 소리로 읽어 보라는 뜻이 이해가 됐다. 그 순간 나는 웃음보다는 신혜의 새로운 모습에 약간은 어이가 없어 당황스러웠다.

"빨간 거시기, 파란 거시기 둘이서 나란히 있는 게 재미있지 않니?"

재미있어하기보다는 황당해하는 나의 모습이 더 재미있다는 듯 신혜가 나에게 다시 물었다. 어쩌면 억지로라도 재미있어하라는 그녀의 명령처럼 들렸다. 동시에 재미있어해 주어야 한다는 의무감이 들었다. 나는 큰 소리로 "정말 웃긴다"고 말했다. 그랬더니 정말 웃겼다. 인간의 마음이란 자연스럽게 행해지기도 하지만 때로는 하려고 하는 마음만으로도 생기는 것이다. 그러므로 자신의 마음을 자신이 만드는 나름의 노력도 필요할 때가 있다. 우리는 큰 소리로 웃으면서 버스 정류소로 향했다.

"괜찮겠어?"

조금 전 밝게 웃던 모습에서 취한 모습으로 돌아온

신혜의 표정을 살피며 내가 물었다.

"응, 나 괜찮아."

"그냥 택시 타고 가지 그래?"

그때 마침 사당동행 버스가 왔다. 늦은 시간인지 버스 안에는 빈자리가 많아 보였다.

"문호야, 오늘 즐거웠다. 잘 가고 또 연락하자."

나의 대답은 듣지도 않고 신혜가 버스에 올라탔다. 버스가 떠나려는 순간 나는 급하게 버스에 올라탔다. 버스 안에는 빈자리는 많은데 묘하게도 한 자리에 한 사람씩 앉아 있어서 둘이 함께 앉을 자리가 없었다. 우리는 엉거주춤한 자세로 버스 손잡이에 의지해서 버스가 흔들리는 데로 몸을 지탱하고 있었다.

"그냥 아무 자리에 앉아."

나의 배려 섞인 말에도 신혜는 못 들은 척하며 버스 손잡이가 조금은 버겁다는 듯이 어깨에 가방을 두른 채 안경을 벗어서 자기 블라우스 소맷자락에다 빗물을 닦아냈다.

"왜, 그냥 가지 그래."

신혜가 조금 불편한 표정으로 나를 흘깃 쳐다보며 말했다.

"아냐, 시청 앞에서 갈아타면 돼."

당시 나는 원효로 3가 용문시장 부근에 살고 있었다. 버스가 을지로 입구 정류장에 도착하자 여러 사람이 내리고 빈자리가 여기저기 생겼다. 그중, 내리는 문에서 가장 가까운 창가 쪽에 신혜가 앉고 나는 그냥 서 있었다.

"너도 앉아."

신혜가 창가 쪽으로 몸을 붙여 내가 앉을 수 있도록 공간을 확보해 주면서 다정하게 말했다.

"응, 괜찮아. 다음이 시청 앞인데 그냥 서서 갈게."

약간 쌀쌀한 날씨에 히터를 틀었는지 버스 안의 열기에 약간의 취기가 몰려왔다. 버스가 시청 앞에 도착하고 몇 사람이 내리고 또 몇 사람이 탔다. 그러나 나는 내리지 않았다. 버스는 비 내리는 한강대로를 종점을 향해 질주해 나갔다. 서울역을 지나고 남영동 금성극장 앞을 지날 때 잠깐 망설였지만 나는 내리지 않고 그냥 지나치기로 마음먹었다. 원효로로 가려면 이곳에서 갈아타야 하지만 잠든 그녀를 두고 그냥 내리기가 망설여졌다. 삼각지를 지나서 한강대교를 지날 무렵 신혜가 눈을 떴다. 그리고는 이내 옆에 서 있는 나를 확인하고는 놀란 눈으로 주위를 살폈다.

"뭐야, 너…… 왜 안 내렸어?"

"응, 그냥……. 너 바래다주고 택시 타고 가면 돼."

"피~ 근데 김문호, 너는 왜 모든 것을 그냥이라고 하니?"

신혜가 이름 앞에 성을 붙여서 부를 때는 그녀가 조금 진지할 때 하는 버릇이다.

버스는 어느덧 동작동 국립묘지 부근을 지나고 있었다. 중·고등학교부터 대학까지 10년을 함께한 나에게는 아주 낯익은 곳이다. 비계 마루턱을 넘을 때에는 버스 안에 사람이 신혜와 나를 포함해서 여섯 명으로 줄었다. 그때서야 나는 잔뜩 몸을 움츠려 신혜 옆자리에 앉았다. 그런 내 행동이 어색했는지 의도적으로 신혜가 내 쪽으로 몸을 기댄다.

"왜 겁나나? 종철이가 무서워? 바보같이……."

순간 나는 조금 당황했지만 그녀의 머릿결에서 묻어나오는 사과 향의 샴푸 내음에 머리가 맑아지고 마음이 포근해졌다.

신혜네 집은 사당동 버스 종점에서 5분 정도 걸어가면 빨간색 대문이 있는 2층집이라고 했다. 2층에서 내려다보면 넓은 공터가 있는데 겨울이면 임시 스케이트

장이 된다고 했다. 하지만 신혜는 무슨 이유에서인지
는 몰라도 집 근처로의 접근은 절대 허락하지 않았다.

"고생했어. 이제 빨리 가라. 고맙다, 문호야."

버스에서 내리자 신혜가 손을 내밀며 악수를 청하며
말했다.

"응, 그래. 비도 오고 늦었는데 집 앞까지 바래다줄게."

"괜찮아. 그냥 여기서 택시 타고 가."

신혜가 마침 지나가는 택시를 세웠다. 신혜가 택시
의 뒷문을 열어 나를 떠밀듯 집어넣었다.

그 이후에도 명보다방에서 가끔 신혜를 만났다. 그
즈음에 종철과는 절교를 한 상태로 편안하게 만났다.
때로는 칼국수도 함께 먹었고 돈가스랑 부대찌개도 먹
으면서 가끔 '골뱅이와 홍합의 만남' 집에서 술도 한잔
했다. 애인 사이는 아니지만 친구보다는 친한 애매한
관계가 유지되고 있었고 그런 관계에 나는 만족했다.
그렇게 1년이라는 시간이 지나가고 다시 가을이 왔다.

신혜에게서 또다시 연락이 왔다. 비는 내리지 않지
만 금방이라도 내릴 것같이 하늘은 머리 위에 구름을
가득 이고서 화난 얼굴로 잔뜩 찌푸리고 있었고, 바람
이 떨어진 낙엽을 이 골목 저 골목으로 실어 나르던 그

런 날이었다. 신혜는 항상 그런 날에만 연락을 했다. 그리고는 자기에게서 가장 가까이에 있는 친구가 너이기에 연락을 했다는, 하지 않아도 될 말을 빠뜨리지 않고 하는 것도 똑같았다.

오늘도 역시 '골뱅이와 홍합의 만남' 집에서 만났다. 얘기는 주로 신혜가 하고 나는 들어 주는 편이다. 언제나처럼 어둠이 퍼지기 시작하는 6시경에 들어가서 골뱅이와 홍합 세트 메뉴에 크라운맥주 5병을 마시고 10시가 거의 될 무렵에 술집을 나왔다. 오늘도 인쇄골목을 지나고 백병원의 철제 울타리를 끼고 돌아서 청자지물포와 홍보지물포 앞 가로등이 희미한 불빛을 내뿜고 있는 어두운 골목을 지나 버스 정류장을 향해 걸었다. 신혜가 조금 앞서고 나는 한 발짝 뒤에서 그녀의 발걸음을 세듯이 걸어갔다.

"문호야."

바람에 흐트러진 머릿결을 한 손으로 움켜잡고 고개만 살짝 돌려서 신혜가 불렀다. 나는 대답 대신 그녀를 쳐다보며 눈으로 대답했다.

"오늘 한 잔 더 하고 헤어지자. 너한테 할 말도 있고……."

스틱스강

차가운 바람에 추위를 느끼는지 신혜가 조금 떨리는 목소리로 말했다.

"너무 늦지 않을까? 나는 괜찮지만……."

시계를 들여다보며 조금 걱정에 찬 목소리로 대답했다.

"너만 괜찮으면 나는 괜찮아."

신혜가 갑자기 나와 팔짱을 끼고 몸을 기댔다. 나는 조금 당황했지만 그녀의 입에서 나는 술 냄새와 머릿결에서 나는 사과 향이 묘한 흥분을 일으키며 정신이 혼미해지는 기분이 느껴졌다. 명동 성당 쪽으로 발걸음을 옮기면서 잔뜩 몸을 움츠리고 나에게 기대어 걷는 그녀가 아주 작게 느껴져서 내 코트 주머니 속에 넣을 수 있을 것 같다는 생각이 들었다.

중앙극장의 빨간 네온사인 불빛이 선명하게 보이는 지점까지 왔을 때, 길 건너편에 장수통닭 집과 장충동 족발집이 있고 그 옆에 곰이 그려진 OB 베어 간판이 눈에 들어왔다.

"추운데 저 집으로 들어가자."

신혜가 끼고 있던 팔에 힘을 주며 끌어당기듯 나를 이끌었다. 술집 안은 꽤 많은 사람들로 붐비고 있었다. 마침 TV에서는 삼성 라이온즈와 OB 베어스의 한국시

리즈 3차전이 막 끝났는지 양팀 선수가 덕아웃을 나와서 모자를 벗고 관중을 향해 인사를 하고 있었고, 취객들은 경기 결과를 가지고 나름대로의 관전평에 열을 올리고 있었다.

"문호야."

배가 조금 나오고 OB 베어스 유니폼을 입은 40대 중반으로 보이는 아저씨가 날라다 준 두 번째 500cc 맥주컵을 버겁다는 듯이 양손으로 들어 한 모금 마시고는 잔을 내려놓으면서 입술 양쪽에 거품을 잔뜩 묻힌 채 나를 불렀다. 나는 대답 대신 얼른 냅킨을 뽑아서 그녀의 손에 쥐어 주면서 똑바로 그녀를 쳐다보았다.

"문호야, 인마."

건네받은 냅킨을 한 손에 구겨 쥐고 다른 한 손으로 주먹을 살짝 쥔 체 엄지 손가락 등 부분으로 거품을 닦아내며 약간 목청을 돋워서 다시 불렀다. 취기가 오르는 듯 목소리가 조금 느려지며 떨림이 있다.

"응, 말해. 나 듣고 있어."

"김문호야."

신혜가 이름 앞에 성을 붙여서 불렀다. 신혜가 진지해졌다는 신호다.

"너 바보니? 아니, 너 바보지? 너는 왜 매사에 자기주장이 없니? 넌 회사에서도 그렇게 해?"

몇 초간 침묵하던 그녀가 목소리를 낮추어 천천히 물었다.

"왜 좋은 것은 좋다, 싫은 것은 싫다고 말을 안 해? 그게 바보가 하는 짓 아니야? 그리고 너는 말끝마다 그냥이라고 대답하는데, 그 말을 듣는 사람은 무시당하는 것 같아 기분이 상하는 것 몰라?"

약간 혀가 꼬부라지는 것을 억지로 돌려 놓으려는 듯 신혜는 입술을 혀로 침을 묻혀 가면서 침착하게 말했다.

"그래? 나는 그냥 기분 상하라고 하는 소리는 아닌데……. 오히려 상대를 배려해서 조심스럽게 하는 거야. 이상하게 들렸어?"

나는 껍질을 깐 땅콩과 껍질이 붙어 있는 땅콩을 양쪽으로 분리해 놓고 조금 억울하다는 듯이 천천히 또박또박 말하려고 노력했다. 오히려 그렇게 받아들이는 상대방이 옳지 않다는 듯이 고개를 갸웃거리면서 아직 절반 가까이 남아 있는 맥주잔을 들어 단숨에 마셔 버렸다. 약간의 침묵이 흘렀다.

"문호야. 야, 인마, 문호야……. 너, 나 어때……? 한 번 가지고 싶지 않니? 그냥이라고 말하지 말고 당당하고 솔직하게 말해 봐."

고개를 숙여 탁자 끝 모서리를 초점 없이 바라보던 신혜가 오른손으로 머리를 뒤로 젖히며 나를 물끄러미 쳐다보다가 그냥 머리를 탁자 위에 기대며 눈을 감았다. 얼른 그녀 쪽으로 몸을 돌려 그녀를 부축하려 하였으나 그때 나는 그녀의 말에 충격을 받았고 떨고 있어서 작고 왜소한 체격이기는 해도 그녀의 허물어진 몸과 마음을 추스르기가 버거웠다.

"신혜 너 취했구나. 그만 일어나야겠다. 그만 가자."

한 손으로 그녀의 어깨에 손을 올려 툭툭 치며 다른 손으로 그녀의 핸드백과 우산을 챙겨 들고 재촉하듯 밖으로 나왔다. 비가 내리고 바람이 불고 있었다. 길 건너 중앙극장에서는 방금 마지막 상영이 끝났는지 극장 앞 택시 정류장에 길게 줄이 늘어서 있었다. 그 줄의 맨 뒤에 서서 우산을 받쳐 든 채 왼손으로 그녀의 등을 감싸며 팔을 붙잡고 있어서 내 어깨에 신혜의 가슴이 느껴졌다. 따스한 체온이 전해져 왔다. 신혜는 추위를 느끼는지 작은 몸을 더욱 움츠려 내게 달라붙듯이 매달

스틱스강

렸다. 택시 뒷좌석 중간에 내가 앉고 창가로 신혜를 앉혔다. 히터가 들어와서 차 안은 따뜻했다. 한 손으로 소중한 물건을 놓치지 않으려는 듯이 내 팔을 꼭 붙잡고 내 어깨에 기댄 채 신혜는 얕은 잠이 들어 있었다. 내 어깨에 기댄 신혜가 토하고 싶은지 두세 번 입술을 오물거리기는 했지만 용케도 참으며 새근새근 잠들어 있었고 나도 그녀의 머리 쪽으로 고개를 떨구고 졸고 있었다.

"손님, 사당동 버스 종점 다 왔습니다."

기사 아저씨의 부드럽지만 강렬한 목소리에 눈을 떴다. 여전히 비는 내리고 있었다.

"죄송한데 집 앞까지 태워 주시면 안 될까요?"

"아니야. 여기서 내릴 거야."

신혜가 단호히 말했다. 그녀의 말투가 워낙 단호해서 나는 택시비를 지불하고 우리는 택시에서 내렸다. 택시는 우리를 내려놓고 시간이 돈이라는 듯 급하게 출발해 버렸다.

"집까지 바래다줄게."

나는 재빨리 우산을 펴서 신혜에게 씌워 주며 부드럽게 말했다. 대답 대신 한동안 내 얼굴을 쳐다보던 신혜가 다시 팔짱을 끼며 아무 말 없이 나를 이끌었다. 자정 무렵이라 종점 부근의 상가들은 몇몇 주점을 제외하고는 대부분 어둠으로 묻혀 있고 가끔 지나가는 취객들이 보일 뿐, 가을비 내리는 사당동 버스 종점의 풍경은 을씨년하기만 하다. 택시에서 내려 200여 미터를 올 때까지 우리는 한 마디도 하지 않고 그냥 앞만 보고 걸었다.

"문호야, 우리 여기서 자고 가자."

급작스러운 제안에 내 발걸음이 멈칫했지만 이미 그녀는 한 손으로 나의 손을 굳게 잡고 다른 한 손으로는 '에메랄드 모텔'이라고 쓰인 문을 밀고 있었다.

*

아침에 눈을 떴다. 나는 옷도 벗지 않은 채, 침대 밑에서 침대 커버를 덮고 있었고 침대 위에는 그녀가 없었다. 한동안 거울이 사방으로 달린 방 안을 휘 둘러보다가 급하게 밖으로 나왔다.

얼마 후, 서울에 첫눈치고 꽤 많은 양의 눈이 내리던 날에 그녀에게서 편지가 왔다.

스틱스강

문호야!

김문호, 너 괜찮은 사람이야. 네가 나에게 말하지는 않았지만 너의 눈빛에서 너의 손길에서 나는 느끼고 있어. 네가 나를 지켜 준다는 의미도, 내 아픔의 일부분을 걷어 주려는 너의 마음과, 가슴으로만 사랑하겠다는 너의 진실을 이제 나는 믿을 거야. 그냥이라고 버릇처럼 말하는 그 말의 뜻을 이제는 조금 알 것 같구나. 너는 좋은 사람이야. 그리고 잊지 않을게. 고마워, 김문호! 신혜가.

나는 누구나 저마다의 이유나 가치를 지니고 살고 있다는 것을 인정한다. 그리고 그것을 나도 실천하며 살고 싶었다. 누구나 마음속에 빛과 어둠이 공존한다. 빛은 당당하고 밝지만 어둠은 타인에게 숨기고 싶은 잘못이나 부정적인 것들이 쌓여 있는 감추어진 공간이다. 신혜에게 무슨 일이 있었는지 나는 알 수가 없었다. 그리고 이해할 수가 없었다. 이해란 내가 무엇을 주었는지, 내가 그에 합당한 것을 받았는지 끊임없이 따지고 비교하는 일이다. 나는 신혜에게 이해의 문제를 떠나 그녀를 인정하고 그것을 응원할 수 있는 사람이 되고 싶었다.

그날 이후 명보극장 옆 명보다방에서도 그녀를 더 이상 만날 수가 없었다. 그녀가 다니던 화실에서도 그녀의 흔적을 찾을 수가 없었다. 그해 겨울은 몹시 추웠다. 나는 사당동의 임시 스케이트장 주위를 서성이는 날이 많았지만 그곳에서도 역시 그녀를 만날 수는 없었다. 나는 그녀를 사랑하고 있었다. 단지 내 감정을 마음 안에다 감추고 밖으로 드러내 놓지 않았을 뿐 그녀가 나에게서 떠나간 순간부터 나는 그 사실을 알게 됐고 그녀가 그리워졌다.

인생의 파도는 끊임없이 친다. 이 파도를 넘어 헤쳐 나갈 것인지, 아니면 심연의 고요함에 있을 것인지는 전적으로 자신에게 달려 있다. 감정의 파고를 넘고 또 넘어야 할까, 아니면 멀리 떨어져 심연을 관망하는 태도를 가져야 할까? 인생이라는 꽃을 피우는 데는 괴로움과 고통이 자양분이 된다고 하지만 꽃을 피우려면 그것을 관조하는 태도까지 도달해야 한다. 사랑도 마찬가지다. 마음이 이리저리 흔들리기만 하면 꽃을 피우기도 전에 감정의 파도에 휩쓸려 갈 수밖에 없기 때문이다. 힘든 일이든 기쁜 일이든 어차피 흘러가는 것은 마찬가지이다.

나는 나의 인생이 정반대로 가고 있다는 생각이 들었다. 내가 원하는 것이 무엇인지 알기 위해서는 나 자신에 대한 관심이 우선시되어야 하는데 나는 나 자신을 그냥 내버려두고 있었다. 이제는 자기의 문제를 알고 답을 찾아가는 노력이 필요하다. 나는 나를 찾아가는 길을 찾기로 했다.

봄이 왔다. 옛 창경원에 벚꽃이 만개하던 날에, 나는 미련 없이 회사에 사표를 던지고 네팔의 안나푸르나 산길을 혼자서 걸었다. 아픔은 아픔으로 치료한다는 누군가의 말을 되새기며 앞사람의 발자국을 내 발자국으로 덮으면서 그렇게 걷고 있었다.

*

"안녕하세요. 잘 지내셨어요? 반갑습니다."

조금 마른 체형에 무테 안경을 쓰고 머리에서부터 발끝까지 명품으로 휘감고, '나 돈 있는 여자야'라고 말하듯이 호규의 아내가 부자연스러운 미소를 입가에 가

득 머금고 다가왔다. 된장 스프를 맛보려던 아내가 황
급히 일본식 사기 숟가락을 놓고 자리에서 일어났다.

"네, 안녕하세요. 반갑습니다. 잘 지내셨어요?"

아내가 멋쩍은 표정으로 호규 아내와 순서만 다르게
똑같은 대답을 했다. 나는 그때 화장실에 다녀오는 중
이었다. 꽤 먼 거리에서 그 광경을 지켜보면서 호규 아
내의 젊고 세련된 모습에 비해 초라하고 궁색해 보이
는 아내의 모습에서 뭔가 비굴함이 보이는 듯해서 기
분이 좋지가 않았다.

"이거 주방장 특별 추천 메뉴예요. 오늘 새로 개발한
건데 들어 보시고 평가해 주세요."

호규 아내가 조금 전 쌍꺼풀 여자가 가지고 온 음식
을 아내 앞으로 옮겨 놓으면서 일부러 손가락을 치켜
세우며 말했다. 언뜻 보아도 5캐럿은 될 듯한 다이아
반지가 내 눈에 들어왔다.

"안녕하세요."

"네에, 안녕하셨어요. 오랜만에 뵙네요."

어색한 분위기를 깨듯이 때마침 호규가 내 등을 툭
툭 치며 물었다.

"그래, 새 집 사서 들어가니 어떠냐? 집들이 해야지."

"집들이는 무슨……. 코딱지만 한 콘도인데. 오래된 집이라 수리할 데도 많고 손을 많이 봐야 돼."

나는 조금 움츠리며 초라하게 대답했다.

호규를 만나고 얼마 되지 않아서 호규는 자랑하듯 우리를 집으로 초대했다. 버지니아에서 새롭게 각광받고 신흥 부자들이 많이 산다는 동네에, 넓은 정원이 있는 호규의 집은 한눈에도 그의 성공을 짐작하게 했다. 집 안 구석구석 값나가는 가구들로 빼곡히 채워져 있고, 벽면 여기저기에는 잘 차려입고 근엄하고 품위 있는 얼굴로 연출된 부부의 사진과 아들딸과 함께 찍은 가족사진이 황금색 고급 액자 틀에 끼워져서 영화에서 본, 영국 왕실의 작위를 얻은 사람마냥 거실 중앙에 자리를 잡고 있었다. 특전사에 근무할 때 낙하 훈련 중, 비행기 생명줄에 매달려 낙하하지 않겠다고 버티는 바람에 낙하지점을 놓쳐서 비행기가 선회를 하고 훈련에 혼란을 일으켜서 여단 영창 생활을 하며 호구라는 별명으로 불리기도 했던 모습과는 너무나 다른 모습이었다.

리스버그의 히바치라는 상호의 뷔페 식당은 호규의 아내가 맡아서 운영을 했다. 알링턴에 있는 베트남 식당은 호규의 처제가 매니저로 관리를 한다. 이곳 페어

팩스 일식당은 미세스 리가 책임자로 일하고 있다. 나는 미세스 리가 신혜를 지칭한다는 것을 알 수 있었다.

*

"아까 호규 씨네 식당에서 미세스 리라는 여자, 당신이 아는 여자야?"

집으로 돌아오는 길에 운전대를 잡은 아내가 한동안 아무 말이 없다가 갑자기 물었다.

"응? 누구……?"

시치미를 떼고 모른 척했지만 내 말투가 자연스럽지 못하다는 것을 내 스스로 알고 있었다.

"테이블에 앉았을 때 우리한테 와서 인사하던 한국 여자 몰라?"

다 알고 있다는 자신감에 아내는 다그치듯 내게 물어 왔다.

"글쎄, 어디서 본 것 같기도 하고……. 정확히 못 봐서 모르겠는데."

"근데 당신 왜 당황했어?"

아내는 취조를 하는 형사처럼 나를 향해 수사망을

좁혀 온다.

"당황은 무슨⋯⋯. 어디서 본 것 같기도 하고 잘 모르겠어."

나는 얼버무리듯, 하지만 단호하게 말했다. 아내도 더 이상의 대화는 싸움이라는 것을 잘 알기에 입가에 묘한 웃음을 짓고는 아무 말 않고 자동차의 속도를 올림으로써 자기 자신의 상태를 나에게 전달했다.

*

나는 지금 3개월째 실직 상태로 집에 있다. 나는 소파에서 벌떡 일어나 자동차의 시동을 걸었다. 일단은 무조건 신혜를 만나 봐야 한다는 생각이 들었다. 나는 호규네 레스토랑으로 급하게 차를 몰고 갔다.

차를 주차장 구석에다 세우고 차 안에서 식당 안을 들여다보니 아직 늦은 손님 몇 명이 테이블에서 술을 마시고 있고 종업원들은 퇴근 준비를 위한 정리에 정신없이 바빠 보인다. 30여 분을 기다린 후에야 마지막 손님들이 가고, 카운터 앞의 전등을 제외한 매장 안의 불이 모두 꺼졌다. 몇 명의 직원들이 자기 차에 올라 각자의 집으로 향하고도 한참이 지난 후에야 호규와 신혜가 가게에서 나왔다.

"고생하셨습니다. 목요일에 뵐게요."

신혜에게 인사를 건넨 호규가 주차장 입구에서 멀지 않은 곳에 주차된 신형 벤츠에 시동을 걸고 급하게 떠나 버리자, 주차장 구석 자리에 서 있는 조금 낡은 일제 차량에 그녀가 올라탔다. 나의 심장이 갑자기 뛰기 시작했다. 주차장 불빛에 혹시 눈에 띌 것 같아 몸을 잔뜩 움츠리고 그녀를 주시했다. 신혜는 시동을 걸고 잠시 고개를 자동차 시트에 기댄 다음 두 손으로 머리를 한 번 감싸고는 어디엔가 전화를 걸었다. 잠시 동안 조금은 심각한 얼굴로 통화를 한 그녀가 출발했다.

뒤를 따랐다. 123번 도로로 접어들어 속도를 올리며 달리다 66번으로 갈아탄 그녀가 센터빌 방향으로 움직였다. 늦은 시간이라 그런지 무서운 속도로 질주하는 차량 사이로 그녀도 무섭게 달리고 있었다. 나도 놓치지 않으려고 열심히 뒤를 쫓았고 신혜의 차가 29번 도로를 만나는 곳에서 오른쪽 깜박이를 켜고 속도를 줄이며 차선을 변경하였다. 하지만 나는 달리던 속도를 그냥 유지하며 66번 도로를 그냥 달려 나갔다.

그렇게 한참을 달렸다. 인간의 욕망이란 눈으로 볼 수 없는 것조차도 몸의 감각이나 정신을 통해서 생생히 느끼고 상상하게 된다. 지나간 것이 그리운 것은 지나간 것을 그립게 만드는 우리의 왜곡된 기억 탓인지 모르겠다. 그녀의 기억에서 떠나야 한다는 생각이 들었다. 지금껏 살아온 인생의 책임을 나 스스로 지켜야 한다는 압박감이 나를 억누르고 있었다. 자기 자신을 솔직하게 만날 수 있고 스스로를 깊게 돌아볼 수만 있다면 나로부터 비롯된 것이 무엇인지 깨달을 수 있을 것이다.

66번 도로가 끝나고 81번 프리웨이를 만났다. 왼손으로 운전대를 잡고 오른손으로 전화기에 비밀번호를 풀고 유튜브에서 '비지스'를 쳤다. 전화기 창에 나타난 여러 개의 음악 중에서 〈홀리데이〉를 눌렀다. 피아노의 선율과 함께 시작하는 형 베리깁과 막내 로빈깁 형제의 선이 가는 목소리가 내 마음을 흔들었다.

당신은 휴일 같은 사람입니다. 정말 그런 사람입니다. 그건 가치 있는 일이라 생각해요. 꼭 두각시처럼 행동해서 당신을 웃게 할 수 있다면 그때 그러지 않고 비난한다 하더라도 그것은 우스운 게임, 항상 같을 거라고는 믿지 마세요. 내가 방금 한 말도 생각나지 않는걸요. 내 머리 위에 부드러운 베개를 얹어 주세요. 많은 사람들은 알아요. 왜 내가 아직도 눈이 멀었는지를. 다른 사람이 나라면 그건 정말 무정하다고 말할 거예요.

지금이 과거에 대한 성적이라고 한다면 미래는 지금의 결과이고, 따라서 현재에 살고 있는 모든 일들은 머지않아 과거가 된다. 하지만 지금은 과거의 결과이기도 하겠지만 앞으로 다가올 기회이기도 하다. 인생을 멀리 보면 덧없다고 느껴지기도 하지만 과거나 미래보다 현재에 충실해야 할 것이라는 생각이 들었다. 나는 인생을 새로운 마음으로 대해야 된다고 생각했다. 지나온 발걸음이 나를 비추는 거울이라는 것을 부정할 수는 없지만 지금 나의 선택이 미래에 대한 결과와 과거로부터 탈출할 수 있는 방법이라는 생각이 들었다.

집으로 돌아왔다. 변한 건 아무것도 없다. 오늘도 아내는 벌거벗은 채 자고 있고, 아내의 코 고는 소리와 현

관 입구에 서 있는 괘종시계의 초침 돌아가는 소리가
묘한 엇박자를 만들어 내며 그렇게 돌아가고 있었다.
나는 아내의 품으로 들어갔다.

소리 없는 죽음

7공수 군수처 군수참모 이준길 소령은 답답한 마음에 담배를 집어 들었다. 금년이 계급 정년에 걸린 마지막 해다. 진급하지 못하면 제대를 할 수밖에 없다. 만약 소령으로 제대를 하게 된다면 전역 후에 받을 수 있는 연금에서 엄청난 차이가 나기 때문이다.

비육사 출신의 영관 군인으로 중령 진급대상자가 되었다는 것은 지금껏 18년의 군 생활을 남보다 더 노력했고 처절하게 했다는 증거다.

그런데 진급심사를 눈앞에 둔 상황에서 강 일병 구타 사건이 터진 것이다. 다행히 아직 상급부대인 특전사령부에 보고가 되지는 않았지만 강 일병이 혼수상태에서 깨어나지 못하고 죽는다면 사령부에 보고를 할 수밖에 없고 그 일은 본인의 진급에 커다란 걸림돌이

스틱스강

될 터였다.

*

10월의 마지막 밤이었다. 그날 민수는 혼자 야영장에서 텐트를 치고 야영을 하고 있었다. 모닥불이 활활 타고 있었다. 발을 뻗고 허리를 펴면 침대처럼 길게 누울 수 있는 상당히 괜찮은 야외용 의자에 비스듬히 누워 밤하늘의 별을 헤아리고 있었다. 전화기와 연결된 블루투스 스피커에서는 지금은 잊혀져서 이름도 기억나지 않는 어느 가수의 〈잊혀진 계절〉이라는 노래가 흐르고 있었다.

절정을 향해 치닫던 온 산의 붉음이 갈색으로 변해가고 물기 잃고 빛바랜 무게조차도 이기지 못한 나뭇잎이 바람이 불 때마다 우수수 떨어지는 가을이 정점에 다다른 밤이다. 민수는 인생의 허무함을 느꼈다. 그 허무함이 어제 오늘 느껴지는 것은 아니었지만 아내를 떠나보낸 작년 가을부터 더 크게 다가왔다.

삶은 가만히 있는 우리 앞에 쉼 없이 흘러간다. 그 속에서 매번 삶에 대한 의식을 가지고 사는 일은 쉬운 일이 아니다. 그럼에도 아무것도 궁리하지 못하고 떠밀려서 지금까지 살아온 것이다. 아내와 함께 내 나라 내 조국을 뒤로하고 낯선 땅에 찾아들어 30년이 넘도록 참으로 무겁게 살아온 인생이었다. 단순히 가볍고 무거움의 문제만이 아닌 것은 자신이 태어나고 사랑한 조국에서 내몰리듯이 쫓겨와 남들과 다른 삶을 살았기 때문이다. 남들과 다르다는 사실은 남들과 다르지 않으면 안 된다는 사실과는 전혀 다른 문제이다. 어떠한 방법으로도 인정될 수 없을 뿐만 아니라 아무런 대책이 없는 상황과 마주할 수밖에 없기 때문이기도 하다. 떨칠 수 없는 좌절감과 무력감이 지속적으로 자신을 괴롭히고 그에 따른 모멸감은 감정의 변화를 일으켜 언제나 생각의 변조를 불러일으켰다. 그럴 때마다 시시각각으로 찾아오는 간절함과 조급함, 망설임이나 절망감, 욕망과 열패감까지도 침묵으로 단단히 위장하여 숨죽이며 살아야 했다.

처음 미국 땅에 도착하여 아무런 연고도 없는 워싱턴 DC를 선택한 것은 단순히 이곳이 미국의 수도라는 이유 때문이었다.

아내 윤경의 학생운동 이력은 신분 변경에 장애가

되어 10년 넘게 불법체류자로 사회와 격리 당했고, 언제 추방될지 모르는 상황에서 특별한 삶을 살 수밖에 없었다. 어쩌면 그런 환경은 두 사람의 사랑을 견고하게 했고, 모질게 살아가는 방법을 터득하게 만들어 주었다.

이민자들의 직업 선택이 본인의 전공과는 전혀 상관이 없다고들 한다. 더욱이 불법체류자의 신분으로 두 사람이 할 수 있는 일이라는 게 지극히 제한적일 수밖에 없었다. 대학에서 미술을 전공한 민수는 전공하고 무관하게 세탁소에서 다림질도 해 보았고, 청소일, 페인트 칠하는 일이며 마루를 교체하는 일 등 다양한 일들을 하였지만 언제나 주인이 아닌 누군가의 보조였다. 다행히 선배의 도움으로 선배가 운영하는 태권도장에서 허드렛일과 아이들을 실어 나르는 운전을 하게 되었다.

아내인 윤경도 한동안 제대로 된 직업을 찾지 못하고 식당 종업원을 하고 미장원과 네일숍에서 그녀 역시 보조로서 힘든 생활을 살아왔다. 두 사람은 자신이 원하는 것이 무엇인지 모르고, 그 무엇도 제대로 할 수 없다는 걸 인정하는 게 힘들 때가 많았다. 그때는 어디쯤에 서 있는지, 무엇을 위해 서 있는지조차 가늠하기 어려운 캄캄한 터널 속에서 무엇부터 시작하고, 어디부터 출발해야 할지 알 수 없는 참담한 시간들을 묵묵히, 그리고 당연한 듯 받아들이며 견딜 수밖에 없었다. 다행히 미국 정부의 불법체류자 구제 조치로 입국 후 10년의 시간이 지난 후에야 합법적인 신분을 가질 수 있게 되었다. 지금 이렇게나마 자유롭게 서 있는 것도 두 사람의 지독한 인내가 만들어 준 결과일 것이다. 부득이함 속에서도 자신이 머물 수 있는 최소한의 공간을 찾고, 그런 방향 잃은 과거의 선택들이 모여 자신을 여기로 이끈 것이지, 누군가 선택을 강요해서 얻은 결과는 아니었다. 하지만 그런 어려운 순간에 다다르지 못했다면 무엇을 찾으려 했고, 무엇을 놓치고 살았는지조차 생각해 보지 못했을 것이다. 두 사람의 투쟁 같은 노력은 세월의 흐름 속에서 결실을 맺었고, 지금은 성공한 체육인으로 한인사회와 지역사회에 상당한 신뢰를 얻고 노력한 만큼 인정받고 기여하고 있게 되었다.

가을 밤엔 별들이 참 많다. 민수는 하늘을 올려다보며 자신과 하늘의 별 사이의 간격을 생각해 보았다. 하지만 그것은 그냥 마음으로는 가늠할 수 없는 거리였

스틱스강

다. 별은 아주 멀리 있다. 별들이 울어 대는 고흐의 그림을 봐도 그렇고, 윤동주의 시 「별 헤는 밤」을 읊조려 봐도 그렇다. 우리의 행복, 우리의 별은 늘 멀리 있다. 꿈과 기억은 항상 아스라이 멀듯이…….

밤하늘을 올려다보던 민수의 눈시울이 붉어졌다. 외롭다. 외로움은 민수의 오래된 기억에서 서서히 시작하여 장작을 태우며 타오르는 노란 불빛과 희뿌연 연기 속에 머무르고 있다.

인간은 지나온 세월을 어떻게 살아왔는가에 따라 지금의 모습이 만들어진다. 자신의 모습을 볼 수 없는 인간은 타인의 모습을 보면서 자신의 모습을 유추하고 판단한다. 우리가 흔히 삶의 진실이라고 부르는 것은 자신의 얼굴에 스치는 순간의 표정 같은 것인지도 모른다. 그것은 미세한 것이고 그 진실의 극히 일부분이다. 그래서 더 쓸쓸해지는 것이다.

갑자기 한기가 느껴졌다. 의자를 끌어 불 앞으로 다가섰다.

이 우주의 어딘가에 행복의 별이 있겠지. 내 인생에도 그런 행복의 순간이 있었나……. 언젠가는 그 별에 다가가 닿을 수 있을 거야. 그런 생각을 하며 눈을 감았다.

아내의 모습이 떠올랐다. 민수는 30년을 함께한 아내 윤경을 작년에 어느 별로 떠나보냈다. 돌이켜 생각해 보면 그렇게 허망하게 보낼 수밖에 없었나 하는 생각에 가슴이 먹먹해진다. 바람이 일었다. 바람 속에 윤경의 모습이 풍선처럼 검은 하늘로 둥둥 떠다니는 듯 보였다.

죽지 않으려면 죽을 만큼 버텨야 하는데 윤경은 버티려 하지 않았다. 윤경은 의사가 권유하는 항암제 치료를 거부했다. 부작용으로 온몸이 무감각해지고 검게 타들어 가는 정신을 붙잡고 남은 시간을 보내고 싶지 않아 했다. 몸과 마음이 지쳐 더 이상 자신을 제어하기 힘들어지기 전에 자기 스스로 삶에 종지부를 찍고 싶어 했다.

윤경은 민수에게 자신이 죽기 전까지 일어날 일 중에 가장 두려운 것이 무엇인지를 말한 적이 있다. 아직 일어나지는 않았지만, 그러나 꼭 일어날 일, 그것은 자신의 죽음 후에 다가올, 혼자 남은 민수에 대한 아픔이라고 말했다. 그 아픔에서 빨리 벗어나고 싶다고 했다. 그것은 이기적이기는 해도 죽음으로써만 자신이 해결할 수 있는 유일한 일이라고 말했다. 절제된 진실이 그

　　　　　　　　　　　　스틱스강

실체를 활짝 드러내 놓고 기다리고 있는 곳, 그곳으로 자신을 빨리 밀어 넣으려 했다.

모닥불은 장작을 얼기설기 올려놓고 공기 구멍을 내야 불이 잘 탄다. 민수는 장작 더미에서 결대로 잘 쪼개진 장작 두 개를 불 위에 올리고 긴 막대로 벌건 숯을 헤집어 공기 구멍을 만들었다. 불길이 활활 타올랐다. 불이 붙은 앞쪽과 달리 장작 뒤쪽 도끼 자국 틈 사이로 하얀 연기가 피어올랐다. 장작 속에서 보금자리를 틀고 살던 작은 나무 벌레 한 마리가 불의 열기를 피해 장작 끝으로 오르고 있다. 그러다 연기에 몸을 돌려 불 쪽을 향해 기어갔다. 조금 움직이다 다시 몸을 돌렸다. 앞으로도 뒤로도 갈 수 없다. 지금 갈 수 있는 길은 없다. 머리를 쳐들고 불길과 연기를 최대한 피해 허공에 몸부림칠 수 있을 뿐이다. 윤경이 삶과 죽음의 갈림길에서 마음을 잡지 못하고 방황하던 모습처럼 비쳐서 민수는 그 모습이 애처롭게 보였다. 작은 나뭇가지를 꺾어 나무 벌레를 집어서 숲속으로 놓아주었다.

*

'삐리리리 삐리리리……'

전화기와 블루투스로 연결해 놓은 스피커에서 음악 소리가 멈추고 전화벨이 울렸다.

발을 뻗고 허리를 펴 거의 눕다시피 한 자세에서 몸을 일으켰다. 탁자 위에 올려져 있는 전화기에 손을 뻗었으나 거리가 너무 멀었다. 몇 번을 더 울던 연결음이 끊어졌다. 그대로 다시 허리를 펴서 의자를 눕혔다. 다시 빛바랜 옛 가수의 노래가 이어졌다.

아내는 야영을 좋아했다. 특별한 경우를 제외하고는 거의 매주 야영장을 찾았다. 처음엔 비좁고 불편한 잠자리와 벌레와 모기에게 물리는 일 등에 심한 거부감을 가지던 아내였다. 그런 아내를 위해 꽤 근사한 RV도 장만했다. 텐트를 가지고 다니던 초보 야영 시절에는 정확하지 못한 일기예보 때문에 예정에 없던 소낙비를 만날 때가 있었다. 그때마다 좋은 집 놔두고 왜 구질구질하게 이 짓을 하냐고 강하게 거부하던 아내였다. 그러던 아내가 오히려 먼저 요구를 해 올 만큼 단조로운 미국 생활 중 두 사람에게 야영은 최고의 삶의 활력소가 되어 버렸다.

아내는 의자에 비스듬히 누워 별을 헤는 것을 좋아

했다.

"민수 씨, 그거 알아요? 별은 혼자서는 빛을 낼 수 없대요. 다른 별의 빛을 받아야만 빛을 낼 수 있대요. 내가 민수 씨의 사랑을 받아야 살 수 있는 존재인 것처럼요."

*

대학 2학년을 마친 민수는 어려운 가정 형편에 학업을 계속하기가 어려웠다. 더욱이 일반 학과에 비해 실습에 필요한 물감이며 화구 등을 필요로 하는, 경제적 부담이 뒤따르는 그림을 계속할 수 있을까 하는 현실적 문제로 갈등하고 있었다.

그럴 즈음에 영장이 나왔고 민수는 고민 없이 도피자의 마음으로 입대를 했다. 논산 훈련소에서 신병 훈련을 마치고 배치된 곳이 특전사였다. 다시 그곳에서 전라북도 익산 지방에 있는 7공수로 전출되었다. 그곳에서 미대에 재학 중이라는 학력 때문에 참모부서의 적합도에 따라 행정병으로 발탁되었고 여단 본부 군수처에 근무하게 되었다.

민수는 그림 외에도 초등학교 시절부터 익혀 온 태

권도 공인 3단의 실력으로 중·고등학교 시절부터 이어진 전국대회 입상 경력도 화려했다. 하지만 그림에 대한 열망이 더 커서 어려운 가정형편에도 불구하고 미대를 선택했던 것이다. 그림과 조각에 대한 뛰어난 재능으로 부대 내의 웬만한 조형물은 그의 손에서 이루어졌다. 뿐만 아니라 민수의 재능과 실력은 태권도 부문에서도 두드러져 부대 내 태권도 시합에 적수가 없었다. 그런 그의 능력으로 민수는 전 부대 내에서 모두가 인정하고, 상당한 인기를 누리고 있었다.

여단 본부 내무반에는 인사처, 작전처, 정보처, 군수처 4개의 부처에 근무하는 행정병 30여 명이 생활한다. 일과 시간에는 소속된 부서에서 각자가 맡은 일과를 하고 일과가 끝나면 내무반에 돌아와 생활을 한다. 내무 생활은 졸병들의 전유물이고 짬밥의 그릇 수가 어느 정도 되면 부서에서 야근을 한다는 이유로 내무 생활을 적당히 하게 된다. 업무의 특성상 작전처 상황병과 각 부서의 차트병들은 특별한 경우를 제외하고는 거의 모든 시간을 부서에서 근무하게 된다. 박민수 상병의 보직은 군수처 운영부 차트병이다. 군수처의 모든 행정의 종합관리를 할 뿐만 아니라 회의 자료를 만들고 특히 매일 아침 참모가 여단장에게 보고하는 보고자료와 상황판을 만들어 보고 준비를 하는 것이 주요 임무다. 보고자료와 상황판은 참모의 얼굴이라고 할 만큼 매우 신경을 써야 하는 중요한 업무다.

군수처에는 중령 진급을 앞둔 고참 소령 참모 밑에 고참 대위 보좌관이 있다. 보좌관 좌우로 병참부 담당 대위와 병기부 담당 대위가 있고 군수처 총괄 살림을 관리하는 상사 계급의 선임하사가 있다. 운영과, 1·3종, 2·4종, 병기로 구분 지어져 있고 10여 명의 사병들이 보직에 따라 근무한다. 공병대, 수송부, 취사반 등도 군수처에서 관리하는 직할대이다. 군 내부에서 군인들의 의식주 문제를 책임지는 군수처의 파워는 매우 막강하다. 그러다 보니 다른 부서의 고참들에게 군수처의 졸병들은 시기와 미움의 대상이 된다.

사회에는 헌법이 있듯이 군대에는 군법이 있다. 그런데 군에서는 군법보다 한발 앞에 규정이라는 것이 있다. 사회에서는 법을 잘 지키면 편안하게 살 수 있다고 한다. 군대에서는 규정을 잘 지키면 편안하다고 말하는 군인도 있다. 문제는 그 규정이라는 것이 무슨 원칙이 있거나 특별한 매뉴얼 같은 것이 있는 게 아니라 계급과 상황에 따라서 카멜레온의 변색처럼 수시로 바뀔 수 있다는 것이다. 특전사의 구호가 '안 되면 되게 하라'다. 그 구호의 뜻을 뒤집어 풀어 보면 군에서는 안 되는 것도 될 수가 있고, 잘될 수 있는 것도 겨우 되는 것이라는 말로 풀이할 수 있다.

군이라는 집단에는 이해할 수 없는 여러 가지 일들이 있다. 상급부대에서 부대원의 인원 수에 맞춰서 보급품을 수령해 올 때 정량보다 10프로 정도 부족한 양으로 수령을 하게 된다. 다시 하급부대로 분배를 할 때 역시 10프로 정도 떼어 내고 지급을 한다. 다시 하급부대로 내려가면서 그 규정 아닌 현상은 계속 이어지지만 군인 중에 밥을 못 먹었다거나 군복이 없어서 옷을 못 입고 군화를 못 신었다는 얘기를 들어 본 적이 없다. 그리고 아래로 내려가면서 떼어진 보급품이 어디에 어떻게 쓰이는지는 알 수 없다.

이상하다고 생각되는 것은 군수처 선임하사의 집이 보급품을 수령해 오는 도로변 조금 한적한 곳에 있다는 사실이다. 부대에서 대민 지원 봉사로 연막 방역을 나갈 때는 연막을 내뿜는 긴급상황을 이유로 위병소의 검문 검색 절차 없이 통과할 수 있다. 그때마다 연막 방

역 차량 가득 보급품이 실려서 위병소를 무사통과하기
도 한다.

*

박민수 상병은 매일 밤샘 작업을 한다. 아침 일과 시
작에 맞춰 이루어지는 참모의 여단장 일일보고가 끝나
면 점심시간 이후 내무반에 내려가 잠을 잔다. 참모의
퇴근 시간 전에 사무실로 올라와 업무지시를 받는다.
다시 밤샘 작업을 하는 것이 정해진 공식 일정이다. 그
날도 참모의 퇴근 시간에 맞춰 사무실로 올라왔다. 참
모를 비롯해서 보좌관 노 대위, 선임하사 김 상사 세 사
람이 이등병 계급장을 단 신병 세 명을 일렬로 세워 놓
고 면담을 하고 있었다. 군복이란 이상한 옷이어서 아
무리 좋은 체형을 가진 놈이나 이상한 체형을 가진 놈
이라도 계급장에 그어진 작대기 개수에 따라서 맵시가
달라지는 요술체이다. 그 요술의 답은 오직 짬밥의 숫
자가 말해 줄 뿐이다.

신병들이 인사처로 돌아가고 신상명세서를 들여다
보던 참모가 김 상사에게 "그놈이 그놈이네. 보좌관하

고 선임하사 두 사람이 알아서 결정해" 하고는 퇴근을
했다.

참모의 지프차가 출발하는 것을 확인한 보좌관 노
대위가 "선임하사 님하고 박 상병이 알아서 해요. 어차
피 박 상병이 가르쳐 일할 거니까" 하고는 퇴근을 했다.

"민수야, 네 후임이니까 네가 결정해라."

선임하사가 신상명세서를 박민수에게 주며 말했다.

그렇게 해서 박민수 상병 조수로 강윤호 이병이 결
정되었다.

군에서 사수와 조수의 관계란 무엇하고도 비교할 수
없는 관계이다. 잠을 잘 때나 식사를 할 때도 함께한다.
그렇게 함께함으로 업무는 물론 행동 하나하나까지도
그대로 따라해야 하는 불가분의 관계가 만들어지는 것
이다. 술을 못 하고 담배도 피우지 않는 박민수의 단정
하고 반듯한 모습과는 달리 강윤호는 틈만 나면 PX에
서 술을 마셨다. 얼굴 한쪽에 슬픔의 그늘이 있는 것처
럼 보이기도 했지만 특별히 행동에는 흐트러짐이 없었
다. 야근을 할 때 라면을 끓여 먹으며 "너는 내가 책임
진다"라고 말하면 그냥 싱긋 웃기만 했다. 둘은 거의 매
일 밤샘 작업을 했다. 그렇게 맺어진 관계가 6개월이

흘렀다. 짬밥의 그릇 수가 늘어나면서 강윤호도 신병 티를 조금 벗고 이병에서 일병이 됐다.

*

여자들이 제일 싫어하는 이야기는 남자들의 군대 이야기와 축구 이야기라고 한다. 그런데 그보다 더 싫은 이야기가 군대에서 축구하는 이야기라고 하지 않는가.

대한민국 국군에는 독일의 분데스리가보다 한 수 위인 군대스리가라는 축구 리그가 있다. 최하위급인 분대별 대항전을 시작으로 소대별, 중대별, 대대별, 연대별, 사단별로 규모가 커지는데 군대에서의 경기라고 해도 이기는 팀이 있으면 지는 팀이 있기 마련이다. 하지만 승리만이 존재하는 군대에서는 이기고 지는 일은 그야말로 삶과 죽음의 차이이고, 천당과 지옥의 차이다.

소대별 대항 경기는 대부분 소대장들 간의 경쟁심으로 게릴라식으로 시도 때도 없이 이루어진다. 정식 축구장 절반 정도 되는, 먼지가 펄펄 나는 연병장에 양쪽에 골대만 덩그러니 서 있을 뿐, 선도 없고 규칙도 없이 부대의 상황에 따라서 참가 인원이 정해지고, 소대장 간에 합의된 군대 룰에 의해 치러진다. 하지만 이 룰은 경기가 과열될수록 그리 중요하지가 않다. 왜냐하면 군대 축구는 축구가 아니라 전쟁이기 때문이다. 전쟁에서 룰을 지키며 할 수 없듯이 이기기 위해서는 모든 것이 무시되기 때문이다. 처음에는 최소한의 룰을 지키다가도 경기의 승패가 어느 정도 결정 나면 그때부터 축구가 아니라 격투기가 되기 일쑤다. 게임에 지더라도 상급자에게 군인 정신이라도 보여 줘야 그날 하루가 편안해지기 때문이다. '안 되면 되게 하라'는 구호와 달리 승패는 정해지게 마련이고, 이기는 편이 있으면 지는 편이 있게 되므로 안 되는 것을 되게 할 수는 없다. 하지만 안 될 때 안 되더라도 되는 척이라도 하는 모습을 보여야 한다.

"야, 김무호! 오늘 당번 어떤 놈이냐?"

"이병 김무호. 군수처 강 일병입니다."

이두호 병장은 주전자에 물을 마시려다 물이 떨어진 것을 확인하고 화가 머리끝까지 났다.

조금 전 수송부 놈들하고 치른 축구 경기에서 아깝게 4 대 5로 진 것도 억울한데, 그 와중에 두 번에 걸친 노마크 찬스를 자신의 어이없는 똥볼로 무산되어 기름

쟁이 놈들에게 진 것이다.

질 때 지더라도 수송부 배차 담당 김 병장 놈의 다리라도 부러뜨려야 속이 풀릴 텐데 오히려 자신이 수송부 졸병 놈에게 태클을 당해서 왼쪽 정강이에 커다란 타박상을 입고 말았다.

"야, 인마! 주전자에 물이 없잖아! 이 새끼들 군기가 빠져서 정신을 못 차리는구먼. 군수처에 가서 박민수 상병 불러와! 지금 당장!"

"네, 알겠습니다!"

본부대 행정반에서 걸려 온 전화를 받고 박민수는 급하게 내무반으로 내려갔다.

어둑한 내무반 한쪽 구석에서 이 병장이 정강이를 걷어 올린 채 맨소레담을 바르고 있었다. 내무반 안이 파스 냄새로 가득 차 있었다.

"단결."

박 상병보다 10개월 정도 고참인 이 병장은 인사처 소속이다. 4개 부처가 다 모여 있는 내무반에서 가장 고참이며 성질이 포악해서 졸병들 누구도 가까이하려 하지 않는 위인이다.

"어, 그래. 왔어."

이 병장이 좀 전의 모습에서 한 풀 꺾인 말투로 말했다. 아무리 고약한 이 병장이라고 해도 박민수의 실력을 너무나 잘 알고 있는 그로서는 박민수를 함부로 대할 수 없는 존재라는 것을 너무나 잘 알고 있었다.

"이 병장님, 무슨 일 있습니까?"

"요사이 쫄다구 놈들 군기가 너무 빠졌어. 오늘 저녁에 열외 없이 모조리 집합시켜라."

"뭐 불편한 것 있으십니까? 잘못된 거 있으면 제가 책임을 지겠습니다."

"아니야, 집합시켜. 내가 직접 군기를 잡아야겠어."

"네, 알겠습니다. 단결."

군수처로 돌아온 박민수는 저녁 식사 후 7시까지 내무반에 열외 없이 전원 집합하라는 회람을 각 부처에 알렸다.

장교들과 영외 거주 부사관들의 퇴근 후 작전처 상황병 1명을 제외하고 각 부처의 사병 전원이 내무반에 집합했다.

이 병장은 어디서 구했는지 곡괭이 자루를 들고 하늘색 본부대 추리닝을 입고 술이 약간 취한 듯 불그레한 얼굴로 내무반에 들어왔다.

　　　　　　　　　　　스틱스강

"오늘 내가 집합시킨 이유가 뭔지 알아?"

군에서 가장 무서운 계급이 병장이다. 병장도 두 단계로 나누어지는데 말년 병장은 제대가 가까워지면서 몸을 사린다. 말년 병장은 떨어지는 낙엽도 조심해야 한다는 말이 있다. 문제는 신참 병장이다. 더 이상 올라갈 곳이 없는 사병의 꽃, 병장은 일과 시간이 끝나면 내무반에서는 왕처럼 군림하게 된다. 말년 병장이 되기 전에 마음껏 권세를 누려 보려고 하는 것이다.

이두호 병장은 침상 아래 양쪽으로 나란히 서 있는 대열 중간을 오고 가며 느릿한 말과 함께 곡괭이 자루로 땅바닥을 탁탁 하고 몇 번 치더니 누군가의 배를 쿡 찔렀다.

"일병 이동수, 잘 모릅니다."

"그렇지, 알 수가 없지. 군기가 빠져서 ×만 한 것들이. 대가리 박아! 동작 봐라. 일어나! 다시 박아! 야, 군수 너! 동작 그렇게밖에 못하지?"

"아닙니다! 일병 강윤호, 잘하겠습니다!"

"뭘 잘해, ××아. 복창 소리 그렇게밖에 못하지?"

들고 있던 곡괭이 자루로 강윤호의 배를 두세 번 찔렀다. 윽 소리를 내며 강윤호가 쓰러졌다.

"어쭈, 개긴다 이거지. 일어나, ××아."

들고 있던 곡괭이 자루로 강윤호의 가슴을 누르며 윽박질렀다.

"일어나, ××야. 뻗쳐, ×× 놈아."

강윤호가 침상에 손을 짚고 엎드렸다. 이 병장이 곡괭이 자루로 강윤호의 엉덩이를 내리쳤다. 강윤호가 고꾸라졌다.

"어쭈, 엄살 봐라. 다시 뻗쳐."

이두호의 눈에 살기가 느껴졌다. 그는 며칠 전 박민수에게 라면 한 박스를 달라고 부탁했다가 재고조사 관계로 거절을 당한 것에 대한 앙심을 갖고 있었다. 그 앙심을 박민수에게 직접 풀지 못하고 그의 조수인 강윤호에게 분풀이를 하고 있는 것이다.

이두호가 곡괭이 자루를 들어 다시 내리쳤다. 강윤호가 겁에 질려 몸을 일으키려다 엉덩이가 아닌 허리 부분에 맞았다.

"윽!"

외마디 비명소리가 들렸다.

얼른 박민수가 강윤호를 부축하며 말했다.

"이 병장님, 그만하시지요."

"어쭈, 군수 걸레 새끼들 한꺼번에 개기네."

박민수는 강윤호를 침상에 눕히고 이두호의 곡괭이 자루를 빼앗아 내무반 밖으로 내동댕이쳤다. 그리고 이두호에게 다가서며 말했다.

"내 새끼는 내가 책임집니다. 손 대지 마십시오."

이두호 병장은 멈칫했다. 군대가 아무리 계급사회라고 하지만 박민수의 태권도 실력과 그의 성질을 잘 알고 있기 때문이다.

강윤호는 고개를 떨군 채 눈이 완전히 풀려서 초점 없이 입에서 비누방울 같은 거품을 물고 있었다.

박민수는 강윤호를 들쳐 업고 의무대로 뛰기 시작했다. 본부대 내무반에서 33대대 연병장을 가로질러 언덕 위에 길게 늘어서 있는 32대대를 막사를 지났다. 35대대 막사 입구 PX에서 몇몇 사병들이 족구를 하고 있었다. 강윤호가 구토를 하는지 등 쪽에서 뜨거운 액체가 흐르는 것이 느껴졌다. 강윤호는 구토 외에 다른 반응 없이 뼈 없는 연체동물처럼 늘어져 있었다. 평소 가깝다고 생각하던 의무대가 오늘은 무척 멀다고 느껴졌다.

의무대에 도착했을 때 강윤호의 얼굴은 창백함을 넘

어서 흙빛으로 변해 있었고 호흡 곤란을 느끼는지 숨을 불규칙적으로 몰아쉬며 거칠게 헐떡이고 있었다. 사태의 심각성을 눈치챈 의무병이 퇴근한 군의관에게 연락을 했고 군의관의 지시로 심폐소생술을 시도했다. 30여 분이 지나서 군의관이 도착했고 강윤호를 들여다보던 군의관의 표정에서 어둠의 그림자가 보였다. 강윤호는 급히 앰뷸런스에 실려 어디론가 떠나갔다.

그것이 마지막으로 본 강윤호의 모습이었다.

*

강윤호가 후송되고 본부대에서는 그날의 일에 대하여 함구령이 내려졌다. 그리고 아무도 강윤호의 소식을 아는 사람이 없었다.

국군 통합 병원으로 후송된 강윤호가 뇌사 판정을 받고 3개월가량 입원해 있다가 결국은 사망했다는 소식을 박민수에게 선임하사가 귀띔해 주었지만 장교들만 아는 극비사항으로 감추어졌다.

사망의 원인이 낙하훈련 중 사고사로 상부에 보고되었고 군수참모 이준길 소령은 중령으로 진급되어 전방

보병대대의 대대장으로 전출을 가 버렸다. 이두호 병장은 사령부로 전출된 후 얼마 지나지 않아 만기 제대를 했다. 민수는 이 병장의 아버지가 누구라고 하면 웬만한 사람은 알 수 있는, 막강한 권력을 가진 정치인이라는 사실도 그때 알았다. 그것으로 한 젊은이의 죽음이 세상 속에 묻혀 버렸다.

×통수는 불어도 국방부 시계는 흘러간다는 말처럼 시간은 흘렀고, 박민수도 다음 해 가을 만기 제대를 했다.

*

강윤호가 있다는 승주의 조계산 선암사로 향했다. 누문인 강선루를 지나자 일주문이 나왔다. 9개의 돌계단을 앞에 두고 지붕 옆면이 사람 인 자 모양인 단순한 맞배지붕집으로, 2개의 기둥이 나란히 세워져 있다. 기둥 위에는 용 머리를 조각하여 위엄이 더해 보였다. 앞면 중앙에 '조계산 선암사'라는 현판이 세월의 무게에 떠밀려 단청이 벗겨진 채로 서 있었다.

경내에 이르려면 승선교를 건너야 한다. 승선교에 올랐다. 무지개 모양의 다리 아래로 시냇물이 흐르고 녹색의 진지함을 잃은 나무들이 가을의 끝자락에서 춥고 허기진 마른 잎사귀를 오들오들 떨고 있었다. 경내에 이르니 석가모니불을 모신 대웅전과 그 앞쪽에 만세루가 주축을 이루고 있었다. 대웅전을 바라보고 오른쪽으로 향하여 있는 지장전으로 들어섰다.

안을 들여다보았다. 지장보살과 명부의 십대왕이 도열하듯 제단 아래를 내려다보고 있다. 건너편 계단식으로 만든 제단에는 여러 개의 위패가 하얀 종이에 검은 글씨가 쓰여 있다. 그곳에서 그리 어렵지 않게 강윤호의 이름이 적힌 위패가 눈에 들어왔다. 그냥 그랬다. 향을 피워 잠시 묵념을 한 후 지장전을 나와 대웅전을 지나 조사당 앞에는 붉은 꽃잎을 떨군 채 가지만 하늘로 향한 꽃무릇이 말라 가고 있었다. 장군봉이 병풍처럼 경내를 받치고 있었다. 비스듬히 비켜서 있는 대각암으로 올라가는 숲속 길을 걸었다. 어떤 소리가 들렸다. 민수는 걸음을 멈추고 사방을 둘러보았다. 아무것도 없다. 다시 걸었다. 다시 어떤 소리가 들렸다.

개천에 물 흐르는 소리 같았다. 숲이 흔들리는 소리 같았다. 아니 새들의 속삭임인지도 모르겠다. 무서웠지만 분노가 일어났다. 깨어나야 한다는 생각이 들었다. 끈질기게 살아온 사람만이 죽음을 맞이할 자격이 있다는 생각이 들었다. 세상의 불의에 눈감고 모른 채 사는 건 부끄럽고 소극적인 자의 삶이라는 생각이 들었다.

*

살다 보면 자의에 의해서가 아니라 타의에 의해서 움직이는 자신을 만날 때가 있다. 그럴 때마다 삶 속에 나 자신이 없는 것 같은 기분이 들었다. 주인이 아닌 보조자로 언저리에 머무는 것처럼 느껴지곤 한다. 하지만 지금 민수는 절박했다. 부족함 속에서 자신이 머물 수 있는 최소한의 공간을 찾아야 했다.

복학을 하고 선배가 운영하는 삼각지 화실에서 아르바이트를 하며 힘겹게 학업을 유지했다. 자신을 이루고 있는 삶의 모습을 완전히 부정하고 되는 대로 살 수도 있지만 조금 다르게 생각해 보기로 했다. 힘들고 어려울수록 자기 자신에게 인생의 의미를 부여하고 마음을 다해 다시 한번 일어서야 하는 어떤 무엇을 찾아야 했다. 지금 포기한다면 어디를 가고 무엇을 하더라도 지금보다 더 좋아질 수 없을 것이라는 생각이 들었다. 아주 작은 일이라도 의지를 관철시키는 마음가짐을 찾는 것이 필요했다.

바람이 불던 날이었다. 노란색 꽃이 떨어진 개나리는 연초록의 새잎을 피우며 잠든 봄을 깨우고 있었다.

화요일 마지막 강의를 마치고 강의실을 나서려는데 누군가가 민수를 기다리고 있었다.

처음 보는 여자였다.

단아한 얼굴에 헐렁한 청바지와 베이지색 반코트를 입고 있었다.

"박민수 씨 되십니까?"

"네, 제가 박민수인데요……."

민수는 스스로 당황해서 말꼬리를 흘리며 조심스레 대답했다.

"안녕하세요. 저는 강윤경이라고 합니다. 혹시 강윤호 씨 기억하시나요?"

"아, 네. 군에 있을 때 저의 조수였습니다."

윤경은 강윤호의 여동생이라고 자신을 소개했다.

민수는 갑자기 강윤호가 파랗게 변한 얼굴로 파르르 떨던 입술이 떠올랐다. 구타 사건은 입단속 명령이 떨어졌고 누구도 말할 수 없는 금기가 되어 버렸다. 군인은 비겁하다. 법보다 계급과 상황에 따른 규정이 군인을 비겁하게 만든다.

인간의 정신은 억압과 세뇌에 의해 퇴색되고 변해간다. 진실은 거짓이 되고 거짓이 진실로 변한다. 한동안 민수는 강윤호의 죽음 소식을 듣고 아무것도 하지 못하는 자신이 원망스러웠다. 하지만 민수 역시 거짓되어 갔고 비겁해져 갔다.

세상에는 매일 어떠한 일이 일어난다. 특별히 일어나는 것이 아니라 그냥 일어난다. 내가 특별한 일이라고 생각하는 일이, 돌아보면 남들도 다 그 정도는 특별한 일을 겪으면서 산다. 죽음도 그렇다. 그냥 죽는다. 하지만 내 주변에서 당하는 죽음은 나한테는 특별한 죽음이다.

어떤 죽음은 비명을 부르지도 않고 조용히 일어난다. 죽음은 생각보다 조용하고 일상 옆에 가까이 있다. 더 놀라운 것은 죽음이 산 자의 마음 속에서 굉장히 빨리 잊힌다는 것이다. 저 사람이 없으면 난 어떻게 하느냐고 울부짖던 마음도 얼마 지나지 않아 자기 자리를 찾는다. 죽음을 기다리는 일이 어렵지, 막상 일어나면 그냥 시간 속에 묻힌다. 민수는 그날의 진실을 알고 있었다. 그래서 오랜 잠에서 깨어났다. 살아가면서 얻는 슬픔과 고통이 깊어질수록 오히려 세상 속에서는 분노와 증오가 커져 간다는 믿음을 갖게 되었다. 그 끝을 따라가다 보면 이윽고 진실이 기다리고 있을 것이라는 믿음도 생겼다. 강윤호를 위해 마지막으로 외쳤던 그 약속을 지키고 싶었다. "내 새끼는 내가 책임진다. 손대지 마라."

민수와 윤경은 청와대에 진정을 하고 국방부와 군의문사진상위원회에도 진정서를 넣었다. 사고 당시 함께 있었던 전우들을 찾아다녔고 그들의 진술을 듣고자 했다. 정의로운 일을 시작하거나 막상 진행하면 누군가에게 지지를 받고 싶어진다. 하지만 나 아닌 다른 사람의 지지를 받는다는 것은 무척 힘든 일이다. 중간에 예상치 못한 변수도 많고 어쩌면 의도했던 계획과 전혀 다른 방향으로 가기도 하고 중단해야 할 수밖에 없는 상황을 맞기도 한다. 일일이 이유를 설명하고, 당위성을 주장하고, 나는 정의롭다고, 알아달라고 애원을 해도 무관심 앞에 발길이 멈춰지기도 한다. 갈 길이 먼데 힘 없는 자가 힘 있는 자를 대상으로 진실을 밝히는 데

스틱스강

에는 한계가 있고 어쩌면 불가능한 일이었다.

세상은 그리 정의롭지 못했다. 진실은 아주 멀리 숨어 있었다. 사람들은 보고 싶은 대로 보고 듣고 싶은 대로 듣는다. 아니, 보고 싶은 만큼만 보고 듣고 싶은 만큼만 듣는다.

억울한 죽음을 찾기 위한 2년에 걸친 민수와 윤경의 노력은 무능하고 비겁한 권력 앞에 무참히 짓밟히고 말았다. 시작부터 상대가 될 수 없는 게임이었다.

그들은 들녘에 날리는 먼지 같은 존재였다. 그날 이후 민수는 자신이 아닌 그 누구의 울고 웃는 모습을 진실로 받아들일 수 없었다. 허무했다. 솜이 물을 머금듯 슬픔이 젖어 들었다. 슬픔은 민수를 외롭게 만들었고 민수는 윤경을 사랑하기로 했다. 아니, 사랑하지 않을 수 없었다. 하지만 그것이 강윤호를 지키지 못한 책임에 대한 보상은 아니었다.

윤경은 언제나 따뜻했다. 윤경의 마음속으로 민수의 몸 전체가 들어가는 것이 느껴졌다.

마지막 붙잡고 있던 이 조국에 대한 희망이 사라지던 날 민수와 윤경은 이 땅을 떠나기로 했다.

살면서 차마 대놓고 서로를 향해 말하지는 않았지만, 민수의 가슴에도 윤경의 가슴에도 소리 없는 강윤호의 죽음은 자신의 죽음보다 더 큰 아픔으로 남아 있었다.

윤경의 죽음은 민수를 일으켰다. 민수의 정의가 다시 일어났다. 사람은 누구나 마음속에 빛과 어둠이 공존한다. 빛은 떳떳하고 긍정적인 것이고 반대로 어둠은 누군가에게 숨기고 싶은 잘못과 거짓, 그리고 부정적인 것들이다. 남에게 보이고 싶지 않는 어두운 구석은 숨기려 하지만 그럴수록 내 안에서는 빛보다 더 크게 나타나 나를 괴롭힌다.

일어나야 한다고 생각했다. 부끄러운 시선을 밖이 아닌 자신의 안으로 돌렸을 때 비로소 생기는 정의감이 마음을 움직였다.

세상도 바뀌었다. 힘 있던 자들의 거짓을 기억하는 옛 전우를 찾았다. 이제는 진실을 말해 줄 수 있다고 믿었다. 자료를 모으고 증거를 찾았다. 군의문사진상위원회에 재심을 청구했다.

'삐리리리 삐리리리……'

전화벨이 울렸다. 아들에게서 온 전화일 거라고 생각했다. 민수는 의자에서 일어났다. 조금 멀리 떨어진 탁자 위에 놓인 전화기를 들었다. 모르는 번호다. 그런데 82로 시작되는 조금 긴 전화번호였다.

통화 버튼을 눌렀다.

강윤호 일병 사망 사건에 대해 재조사가 받아들여졌다.

삶은 인간 앞에서 쉼없이 흘러간다. 그 속에서 항상 삶에 대한 의식을 가지고 사는 일은 쉬운 일이 아니다. 그럼에도 아무것도 움직이지 못하고 무언가에 떠밀려서 살아갈 수만은 없다. 마음이 불편하고 복잡하면 아무것도 생각할 수 없고, 생각을 하지 않으면 얻을 수 있는 게 아무것도 없다. 사는 대로 생각하는 것이 아니라 생각하는 대로 산다는 말이 있듯이 세상에는 내가 이해할 수 없는 일이 다양한 모습으로 일어난다.

인간이 윤회하는 세계는 저 하늘의 별처럼 반짝이다 새벽이 되면 사르르 사라지는 덧없는 것일까? 한 줄기 바람에 장작불이 물결처럼 휘청거렸다. 물기 잃은 잎사귀는 흔들렸고 그 사이로 엉킨 물체가 나타났다가 사라졌다. 그림자였다. 불빛과 그림자 사이에 이미 오래전 잊힌 시간의 흔적과 같은 것들이 어렴풋이 형상을 보여 주다가 홀연히 사라져 갔다.

글벗들이 전하는 이야기

내가 아는 심재훈 작가는 고독의 삶을 즐기는 사람이다. 혼자 있기를 즐기고 아름다운 시와 소설만 있다면 자연 속에서 한없이 머물러 있어도 만족할 수 있는, 자연인의 삶을 일상에서 살고 있는 분이다. 겉으로 보이는 무뚝뚝함과는 다르게 매우 섬세하게 사물에서 느끼는 것들을 예민하게 글로 표현하는 능력을 가지고 있다. 그래서 그의 글은 머리로 읽는 것이 아니라 마음으로 느끼고 읽게 된다.

초고를 받고 나서 나는 그의 글을 며칠 만에 다 완독하였다. 마치 나의 한 부분을 보는 것 같아서 잠시도 눈을 뗄 수 없을 정도로 몰입하였던 것이다. 그만큼 작가에게는 인생을 깊이 바라보며 즐기는 묘한 구석이 있다. 그의 글에서 느끼는 고독과 진하게 느껴지는 외로움의 향기는 누구나 가지고 있는 마음을 표현하고 있고 누구나 느낄 수 있는 것들을 담아내고 있기에 공감을 이끌어 낸다. 오랜 이민 생활 때문에 그는 매우 외로운 삶을 살 수밖에 없었다. 이것은 자신이 원했던 고독이 아니지만 그는 그것을 스스로 내면의 세계로 승화시켜서 표현해 내는 능력을 키우는 시간으로 채웠다고 본다. 누구나 함께 읽으면서 동질의 생각을 찾을 수 있고 공감이 간다면 그것으로 심재훈 작가의 역할은 충분하다고 본다.

메릴랜드 글벗 모임 이완홍(성공회 신부)

2019년 『한국일보』 문예공모전에 심재훈 님의 「어머니」란 시가 당선되어, 신문에 실린 당선 소감에서 읽었던 구절 하나가 생각납니다.

　　죽는 날까지 어른이 되고 싶지 않습니다.

　　글을 쓰기 위해 어른 되기를 포기한 사람, 순수해지기 위해 현실을 포기한 사람, 아픔을 위해 엄지발톱에 상처를 내는 사람, 외롭고 싶어서 혼자 산길을 걷는 사람, 어린 왕자를 위해 지구를 포기하고 싶다고 말하는 사람이 심재훈 작가입니다.

　　어린 왕자를 사랑하는 나는 결코 순진할 수 없는 인생의 연륜으로 순수를 꿈꾸며 지켜 나가려고 애쓰는 작가의 삶에 공감합니다. 적지 않은 나이에 여전히 감정의 섬세함을 유려하게 표현하려고 애쓰고, 친한 벗들에게는 한없이 넉넉한 마음의 온기를 전하지만 불의와 교만함에는 날 선 비판을 서슴지 않는 사람이 심재훈 작가입니다.

시집에 이은 첫 소설집 출간을 진심으로 축하합니다.

메릴랜드 글벗 모임 이윤선

나는 유명 시인도 못 되고 유명 소설가도 아닌 까닭으로 추천사를 쓰기보다는 그냥 내가 아는 작가에 대해 쓰겠습니다. '겨울부채'라는 글벗을 생각하면 문득 떠오르는 것이 황순원의「독 짓는 늙은이」라는 단편소설입니다.

한 노인의 처절한 장인적 집념과 고뇌가, 붕괴되어 가는 전통적 사회 질서 속에서도 고집스럽게 전통을 지켜 내고자 노력하는 모습이, 『산들바람』이라는 무가지 계간지를 독 짓는 늙은이처럼 고령토 대신에 문자를 가지고 빚어 내는 모습과 닮아 있습니다. 혼자서 인쇄하고 편집하고 배송까지 해 내고 있는 모습과 오버랩되는 것은 지극히 자연스러운 느낌일 것입니다.

'8년이란 결코 적지 않은 세월 동안 자비를 들여 유명하지도 않은 책을 미국의 동부 끝에 있는 작은 주 메릴랜드에서 이렇게까지 고집스레 써야 하는 이유가 무얼까?' 하고 처음에는 고개를 갸웃거렸지만 나는 그의 눈빛을 보고 진작에 눈치를 챘습니다.

그는 꿈을 꾸는 사람이었습니다. 그래서, 현실 세계에서는 소용이 없는 겨울날의 부채를 자처하며 살아가고 있었나 봅니다. 어느 날 하필이면 겨울부채를 닉네임으로 선정했느냐는 나의 물음에 그는 장자의 무용지용론을 이야기하였습니다.

세상 사람들이 모두 쓸모없다고 생각하는 것이 어쩌면 가장 쓸모 있을 수 있다는 무용지용의 삶이 그의 꿈이라고 하였습니다.

우리가 쓸모없다고 생각하는 것 속에 위대한 유용함이 들어 있다는 뜻인데, 이제는 인공지능 프로그램이 시도 쓰고, 소설도 써 내려간다는 시대에서 고집스레 시집을 내고 소설집을 출간하는 겨울부채의 집념이 장자의 철학에 정확하게 부합되는 것 같아 부디 겨울부채 님의 첫 소설집이 세상에서 유용하게 빛나길 바라는 마음으로 축하를 드립니다.

메릴랜드 글벗 모임 안형모